여전히 읽고 씁니다.

아거

어떤,
낱말

낱말은 사람을 닮았다 _ 사사롭기에 더 궁금하다

같은 낱말이지만 사람마다 그 낱말에 대한 느낌은 다 다르다. 사전에는 특정한 낱말에 대한 뜻풀이가 명확하게 되어 있지만 내가 생각하는 뜻과는 조금씩 다르다는 걸 느끼곤 한다. 뉘앙스와 맥락의 차이일 게다. 하지만 그것만으로는 왠지 부족한 감이 있다.

한 낱말을 두고도 뜻을 달리 느끼고 해석하는 건 어쩌면 살아온 인생이, 경험이, 견해가 달라서인지도 모른다. 또 세월이 각자에게 남긴 흔적이 달라서일지도 모른다.

살다 보면 얼굴에 주름이 생기듯, 어려움을 겪고 구김살이 생기듯, 전에는 이런 뜻으로 다가왔던 낱말이 어느 정도 시간이 흐르면 저런 뜻으로 읽히곤 한다.

낱말은 사람을 닮았다. 어떤 사람을 완벽히 이해하는 건 불가능한 일이다. 그 사람이 되어보지 않는 한 그가 처한 상황이나 입장 등을 이해할 수 없다. 아니 어쩌면 그 사람 본인조차도 스스로를 이해하지 못할지도 모른다. 사람은 명확한 이유를 대기 힘든 행동도 하고, 의도와는 상반되는 말을 내뱉기도 한다. 전에는 이게 맞다고 생각하고 행동했지만, 시간이 흐른 뒤 돌아보면 왜 그랬나 싶기도 하다. 과거의 내가 오늘의 나와 다르고, 오늘의 나 역시 내일의 나와는 다르다. 그렇게 변하기 마련인 사람이 쓰는 낱말도 같은 운명에 처한다.

누군가에게는 잊을 수 없고, 상기할 때마다 가슴을 울리는 낱말이, 또 다른 누군가에게는 자주 쓰지도 않고, 뜻도 명확치 않은 낱말일 수 있다. 사전적 의미와는 다른 낱말을 쓰는 경우도 많다. 내가 생각하는 낱말의 뜻이, 다른 사람에게는 전혀 다른 뜻으로 읽히기도 한다. 때로 그런 뉘앙스의 차이로 오해가 생기기도 하는걸, 난 경험하곤 한다.

구조주의 언어학에 빗대어 말하면 시니피앙(signifiant)은 동일하지만 시니피에(signifiè)는 다른 것과 같다. 기호가, 동일한 표기인 기표(시니피앙)와 그 표기가 내포하고 있는 의미인 기의(시니피에)로 이뤄져 있다고 할 때 내가 주목하는 건 시니피에다. 시니피에가 사람마다 다르기 때문이다. 마찬가지로 언어의 규칙 체계를 가리키는 공적(公的)인 랑그(Langue)보다, 개인의 재량이 더 많이 개입되는 사적(私的)인 파롤(Parole)에 더 관심이 간다. 개인의 언어인 파롤에서 인간을 발견하기 때문이다.

언어는 그 사람을 규정하는 묘한 힘이 있다. 어떤 말을 쓰느냐, 어떤 억양이냐, 사투리를 쓰느냐 안 쓰느냐, 주로 사용하는 언어가 존댓말이냐 반말이냐, 어떤 낱말을 사용하느냐에 따라 우리는 그 사람을 짐작한다. 더 나아가 그 사람이 살아온 인생을 어림한다.

사람은 다 다르다. 똑같은 부모 밑에서 태어나고 자란 형제도 태어날 때부터 다르고 자라면서 더 달라진다. 같은 시간과 공간 속에 살고 있지만 각기 경험이 다르고, 세상을 보는 시각과, 삶에 남겨진 흔적이 다르기 때문이다. 그 다름이 겉으로 표현되는 게 언어고, 낱말이다.

하여, 낱말은 지극히 사사롭다. 같은 낱말인데도 나와 다른 사람이 느끼는 감정이 다르다. 낱말에 대한 뜻풀이가 상황에 따라, 시간의 흐름에 따라 달라진다. 경험을 했느냐 하지 않았느냐에 따라 낱말이 입에 착 붙는 느낌이 다르고, 때로 한 번도 경험해보지 못한 감정을 지칭하는 낱말은 상상력을 동원해야 한다.

문득 떠오른 낱말, 눈길을 붙잡는 문장 속 텍스트, 익숙한데도 갑자기 낯설게 다가오는 말들을 지그시 살펴본다. 저 낱말에 집중하게 된 이유를 헤아리고, 그 원인을 살펴본다. 그렇게, 한정된 낱말 안에서 변화무쌍하고 종잡을 수 없는 감정을 잡아채고, 낱말 안에 우련하게 보이는 삶의 일면을 눈치챈다.

흔히 쓰는 낱말의 이면을 살피고, 나와 타인의 삶을 어림하며, 지극히 사사롭기에 더 궁금한 내 마음과 다른 이의 마음자리를 살핀다. 어제와 다름없이 별다를 것 없는 일상을 살아가다 갑작스레 꽂힌 낱말, 그 낱말에서 파생되고 꼬리에 꼬리를 무슨 상념을 정리해본다.

이 책은 특별할 것 없는데도 내겐 특별해진, 또 잊히지 않는 낱말에 대한 기록이자, 그 낱말에 심히 동요하는 내 마음자리를 살피고 헤아리는 작업이었다. 그 살핌과 헤아림에, 당신이 함께 해줬으면 좋겠다. 당신만의 뜻풀이로, 낱말에 대한 상념과 경험을 같이 나눴으면 한다.

내게 지극히 사사로운 낱말이 있듯,
당신에게도 지극히 사사로운 낱말이 있을 테니….

차례

4   프롤로그

13   1장 _ 나는 적당히 선하고 생각보다 악하다

14.................좋은 사람이고 싶었다

17.................나, 안 착하거든!

20.................나는 적당히 선하고 생각보다 악하다

24.................임전태세로 사는 거, 서글프다

27.................가끔 낯익음보다 낯섦이 낫다

30.................쉽게 가늠하고 섣불리 판단하지 말 것

33.................내 안의 '가오나시'

37.................왜 내게 무해한 사람에게 해를 가하는 걸까

40.................손에게 부끄럽지 않길

43.................머리를 든다

46.................참 별스러운 오지랖

49.................검은 흉기, 검술은 살인술

52.................의도하지 않은 악이 때로 더 악하다

56   2장 _ 내려놓고 산다

57.................내려놓고 산다

60 ....퇴근길, 절망과 희망의 교차로

63 ....삶은 발악이 아닐 터

66 ....참을 인(忍) 자 셋이면 내가 누군지 알 수 있다

69 ....아직 체념하긴 이르다

72 ....채워지지 않는 빈자리

75 ....길은 하나가 아니니

78 ....침묵할 때를 안다는 것

81 ....생겨먹은 대로 산다

84 ....기대를 접으면 실망도 접힌다

87 ....세상에 주눅 들지 말자

90 ....더 이상 나중을 기다리지 않으련다

92 ....그만 팔자, 쭉

94 ....힘겨울 땐, 뒤로 한 걸음

97   3장 _ 어깨 겯고 붙어보자

98 ....까칠해야 할 땐 까칠하자

101 ....그깟 호의 안 받고 말지!

103 ....어깨 겯고 붙어보자!

105 ....뻔뻔한 사람이 너무 많다

108 ....눈치 보게 하는 것도 권력이야!

110...............삶은 시소가 아니다

112...............무엇보다 인간의 행복이 최우선

115...............겸손하지 않은 도덕은 폭력

118...............오늘도 나는 분노한다

121...............땀 흘리지 않는 자가 너무 많다

125..............인간은 붕어빵이 아닌데

129..............견디기 싫어 돌을 던진다

133　4장 _ 누군가를 잊듯 누군가에게 잊힌다

134..............상사, 그 애처로움에 대하여

137..............사랑은 총량일까 전이일까

140..............외롭고 서러운 정류장

142..............슬프고 서러운 말, 그냥

144..............짝 잃은 것의 운명

146..............누군가를 잊듯 누군가에게 잊힌다

149..............과거가 꾸덕꾸덕 달라붙어있다

151...............사라지는 건, 거의 모두, 슬프다

154..............우리는 버리고, 버려지며 산다

157..............혼자 하는 사랑은, 지랄 같다

159..............기억의 상실보다 상실의 기억이 더 아프다

162 ....오늘도 사람과의 거리 재기에 실패한다

165   5장 _ 당신 덕분에 아직 살만하다

166 ....지금처럼, 거기, 그렇게 있어줘

168 ....결이 맞는 사람이 곁에 있다는 것

171 ....괜찮아. 나, 여기 있어

173 ....투정도 사랑이다

175 ....당신 덕분에 세상은 살만하다

177 ....사랑하는 사람을 잃고도 살아가는 것

180 ....책은 시간을 죽이고 책 속 세상은 현실을 녹인다

183 ....아무도 울지 않는 밤은 없다

185 ....내가 널 품은 게 아니라 네가 날 품었다

187 ....함께 울어주는 사람

190   에필로그

1장 _나는 적당히 선하고 생각보다 악하다

때로 의도하고 행하는 악보다
타인의 처지에 공감하지 못해 내뱉는
의도하지 않은 말이 더 악하다.
'가장한 악'보다 '가장한 선'이 더 악하다.
그럴 줄 몰랐다는 건 변명이 되지 않는다.
몰랐다고, 타인에게 준 상처가 없어지지 않는다.

무심코 던지는 한 마디 말에도 주의를 기울여야 할 것이다.
그 말을 곱씹으며 끊임없이 자문해야 할 것이다.

'난 좋은 사람인가' 하고 말이다.

좋은 사람이고 싶었다
가면 놀이에 지쳤다, 난

좋은 사람이고 싶었다. 누가 봐도, 어떤 상황에서도 좋은 사람으로 각인됐으면 싶었다. 언제나 유쾌하고 어려운 일이 닥쳐도 웃을 수 있는, 타인의 힘듦을 외면하지 않고 언제든 도와줄 수 있는, 불쾌하고 짜증 나는 상황에서도 의연하게 대처하는, 누구에게나 좋고 원만한 사람이 되고 싶었다.

힘들었다. 난 좋은 사람이 아니었다. 좋은 사람인 척하고 있었을 뿐, 가면을 쓰고 살아왔다. 자의로든, 타의로든…. 타인이 상처를 줘도 안 받은 척해야 했다. 비위를 맞추고 분위기를 살펴야 했다. 착해야 한다는 게 강박이 되었다. 충분히 화낼 만한 상황에서도 참았다. 나만 참으면, 좋은 사람으로 봐줄 줄 알았다. 상처를 입고, 피해를 당했는데도 상대방은, 또 나는 그걸 무시했다. 때로는 이용하기도 했다. 그럴 때 돌아오는 건 '넌 좋은 사람이야'란 칭찬, 그뿐이었다. 전혀 만족스럽지 않았다. 언제나 허했다.

좋은 사람은 신기루였다. 절대 도달하지 못할 영역. 그러다 이 사회가 요구하는 좋은 사람이란 기준이 잘못된 게 아닌가 하는 생각이 들었다. 그 기준에 맞추다 보니 오히려 나란 존재를 소외시키고 있는 것은 아니었는지 의문이 생겼다. 이 사회와 타인이 요구하는 좋은 사람은 어쩌면 만만한 사람 또는 불편하지 않은 사람, 무슨 짓을 해도 괜찮은 사람, 좀 더 심하게 말하면 호구였는지도 모른다.

형용사 '좋다'의 사전적 의미는 여러 가지다. 그중, 이 사회가 요구하는 '좋은 사람'의 좋다는 '성품이나 인격 따위가 원만하거나 선하다', '말씨나 태도 따위가 상대의 기분을 언짢게 하지 아니할 만큼 부드럽다'에 부합하는 듯 보인다. 난? 어울리지 않는다. 어쩌면 그 누구와도 어울리지 않을지도 모른다.(고 자위해본다.)

저 정의 대신, 내가 주목한 '좋다'의 의미는 '어떤 일이나 대상이 마음에 들 만큼 흡족하다', '감정 따위가 기쁘고 만족스럽다'이다. 그런 의미에서 다른 사람에게가 아니라 스스로 좋은 사람이 되고 싶다. 내가 마음에 들 만큼 흡족하고, 기쁘고 만족스러우면 그걸로 됐다 싶었다. 타인이 아닌 나에게 좋은 사람이 되는 것, 어쩌면 그게 가면 놀이를 멈출 수 있는 유일한 방법인지도 모른다.

나는 내게 좋은 사람이 아니었다. 다른 사람에게는 좋은 사람으로 여겨졌을지언정 적어도 스스로에겐 절대 좋은 사람이 아니었다. 타인에게 받은 내 상처를 외면했다. 유쾌하지 않은데도 타인의 유쾌함을 위해 날 갉아먹었다. 얼굴 붉히기 싫어 참는 일이 늘어날수록 가슴속에 불같이 일어나는 화를 걷잡을 수 없었다. 그 화는, 나에게, 또 내 소중한 사람에게 향하곤 했다. 좋은 사람이 되고 싶은 열망이 강할수록 난 좋은 사람과 멀어지고 있었다. 내가 나를 속이는데 누구에게 좋은 사람이 될 수 있겠는가.

좋은 사람인 척하는 데 지친 사람들이 있다. 좋은 사람이 되어야 한다는 강박에 휩싸여 자신을 온전히 인정하지 못한 사람들이 분명 있다. 그들은 타인의 시선 안에서 자유롭지 못해 힘든 내색도, 훅 하고 들어오는 모욕적인 상황에서 제대로 된 분노도 표출하지 못한다. 그 화를 어찌하지 못해 자존감을 스스로 갉아먹는다. 남에게는 좋은 사람이라 불릴지언정 스스로에게는 절대 좋은 사람이 되지 못한다. 그러다 보니 항상 억울하고 화가 나 있다. 그 화를 애먼 곳에 풀기도 한다.

나 역시 비슷하게 살아왔고, 또 살고 있다. 그러나 이제는 그만하고 싶다. 이젠 좋은 사람이 되고 싶다는 소망을 버렸다. 좋은 사람 코스프레, 이제 안 하련다. 스스로에게 흡족하고 만족스러운 삶을 꾸려가길 바랄 뿐이다. 있는 그대로의 나를 인정하면서, 나를 힘겹게 하는 것들에 대한 분노를 표출하면서 살려 한다.

당신도, 그랬으면 좋겠다.

좋다

나, 안 착하거든!

착하다는 말, 그건 족쇄

착하다는 건 칭찬이었다.

착하다는 말을 꽤 들었다. 어렸을 때부터. 어느 정도 나이가 들어서도. 지금은? 글쎄, 직접적으로 들은 적은 없지만, 주변으로부터 착한 사람으로 인식되는 느낌은 든다. 그게 칭찬이라는 것도 안다. 그런데 어느 순간부터 그 말이 듣기 싫었다. 욕망의 제한과 더불어 행동의 제약이 뒤따랐기에 그랬다. 착한 사람으로 할 수 있는 일보다 하지 말아야 할 행동이 더 많았다. 자연스럽게 마음속에서 생겨난 욕망도 눌러야 했다. 칭찬 속에 압력이 숨겨져 있다는 걸 눈치챘다.

착하다는 건 강박이었다.

반드시 착해야 했고, 착하지 않은 행동을 하게 되면 뉘우쳐야 했다. 남에게 착한 사람으로 인식되어야 했다. 그게 최우선이었다. 그러다 보니 정작 하고 싶은 말과 행동을 참아야 했다. 금기를 건드릴 수도, 건드려서도 안 되었다. 아니 착해야 한다는 강박이, 금기가 아닌 것을 금기로 만들었다. 화를 내는 것도 금기였고, 남에게 좋지 않은 말을 대놓고 하는 것도 금기였다. 부모나 선생의 말에 다른 의견을 제시하는 것도 금기가 되었다. 착하다는 말은 순종하고 복종하라는 뜻을 품고 있었다.

착하다는 건 오만이었다.

남보다 착하다는 건 내 기준으로 잘못된 행동을 하는 남을 비난해도 된다는 도덕적 우월감을 심어주었다. 어렸을 때부터 모범생이었고, 이어야 했다. 난 중학교 때부터 반에서 하나의 기준이 되었다. 선생들은 나만큼만 하면 된다고, 다른 학생들에게 대놓고 말했다. 그 말을 면전에서 듣는 나는, 우월감을 느꼈다. 그 말이 족쇄인지도 모르고….

그래서였을까? 다른 사람이 그런 행동을 하게 된 맥락 따위는 무시했다. 행동 그 자체만으로, '안 착한 사람들'을 '착한 내가' 비난해도 된다고 생각했다. 왜? 난 착하기 때문에. 나만큼 착한 사람이 별로 없기 때문에. 착한 사람은 안 착한 사람을 지적하고 비판할 수 있는 권리가 있다고, 그들은 선도해야 한다고, 그렇게 믿었다. 착하다는 건, 나를 전혀 착하지 않은 존재로 만들곤 했다.

착하다는 건 매력이 없다는 말과 동의어였다.

마음속으로만 품고 있던 이에게 '넌 착해'란 말을 처음 들었을 때, 그게 칭찬인 줄 알았다. 하지만 계속 듣다 보니 알겠더라. 칭찬이 아니라 매력 없다는 말이었다는걸, 지루하다는 뜻이었다는걸, 굳이 찾아내야 할 매력이 착하다는 것밖에 없었다는걸, 뒤늦게 알았다. 좌절했다.

착하다는 건 때로 만만하다의 다른 표현이었다.

상처를 주는 말을 아무렇지도 않게 한 뒤에 이런 말이 붙곤

착하다

했다. '넌 착하니까.' 역시 칭찬인 줄 알았다. 그런데 웬걸. 만만하다는 의미였다. 그런 이들이 있었다. 만만하게 보고, 무시하듯 행동한 뒤에 마치 먹이 주듯 '착하다'고 말하는 이들. 그런 이들을 뭐라 하지 못하고 착하게 생겨먹은, 아니 만만하게 생겨먹은 나를 원망하곤 했다.

난 언행이나 마음씨가 곱지 않다. 바르지도 않다. 상냥한 것과는 거리가 멀다. 착한 사람은 따로 있다. 착한 게 매력적인 사람도 따로 있다. 난, 전에도 착하지 않았고, 지금도 별로 착하지 않다. '착한 척'만 했을 뿐. 그게 족쇄인지도 모르고, 바보같이 그게 장점인 줄로만 알고 말이다.

착하다는 말, 이제 듣고 싶지 않다. 족쇄, 거부한다.

나는 적당히 선하고 생각보다 악하다

추락하면 비로소 보이는 것들

"나는 적당히 선하고, 생각보다 악하다."

언제부턴가 내 안에 자리 잡은 말이다. 누군가에게 의도치 않게 상처를 준 이후에 떠오른 말이었다. 그건 일종의 추락이었다. 나란 인간에 대한 회의감에 붙잡혔기에 그렇다. 그 덕분에 끊임없이 "난 좋은 사람인가"라고 자문해야 하는 운명에 처하고 말았다. 방심하면 그걸로 끝이다. 좋은지는 모르겠지만, 추락은 미처 깨닫지 못했던 내 안의 어둠을 응시할 기회를 준다. 그래도 경험하고 싶지 않기에 방심하지 않으려 한다.

나란 인간은 세월의 흐름과 함께 층층이 쌓아올린 경험의 퇴적으로만 이루어진 건 아니다. 살면서 관계를 맺어온 이들 사이에서의 위치도, 누군가의 머릿속에 각인된 이미지도, 가족, 조직, 사회에서 구축해온 명망도, 나란 존재를 증명한다. 난 누구에게는 좋은 사람이지만, 누구에게는 나쁜 사람이다. 또 누구에게는 존재감이 희미하지만 또 다른 누구에게는 없어서는 안 될 존재이기도 하다. 사람은 좋으나 능력은 없는 존재인가 하면, 능력은 있으나 사람은 별로인 존재이기도 하다. 누군가에게는 위로를 주기도 하지만 누군가에는 상처를 안기기도 한다.

추락

각기 다른 영역에서, 각기 다른 방식으로 구축된 나란 존재
는, 여러 부분의 총합으로 이루어지다 보니 때로 정체성이 흔
들린다. 내가 생각하는 나와 타인의 시선 안에 존재하는 나는
여러모로 다르다. 이 정체성을 합일시키는 건 상당히 힘들다.
타인의 시선에서 자유롭길 원하고 웬만하면 그리 살려 하지만,
완전히 자유로울 수는 없기에 그렇다. 무엇보다 가정에서의 나
와, 회사에서의 나, 친구들 사이에서의 나와, 동료들 사이에서
의 나는 다를 수밖에 없다.

　그 다름의 정도를 최소화하는 게, 정체성의 합일에 가까운
게 아닌가 싶다. 그게 윤리든, 태도든 웬만하면 균일한 정체성
을 유지하려 한다. 그게 혼란을 최소화하는 일이기에, 나란 존
재에 대해 일정 정도의 확신을 가져야 부끄럽지 않게 살아갈
수 있기에, 추락을 피할 수 있기에 그렇다. 그런데 그렇지 않은
사람도 있는 모양이다.

　살다 보면 별 꼴을 다 본다. 능력 있는 CEO가 사실은 소시오
패스였고, 직원들에게 엄청난 폭력을 가한 것으로 판명 난다.
명망 높은 문인이 성추행을 일삼는가 하면, 누가 봐도 존경할
만한 인물이 비리의 한가운데 서기도 한다. 법을 집행하는 자
가 누구보다 앞서 법을 어기고, 존경받는 종교인이 돈만 밝히
는 파렴치한으로 전락한다.

　깔끔하고 화려한 정장을 차려입은 고상한 재벌가의 사람들
이 뒷골목 깡패처럼 누군가에게 폭력을 휘둘러 물의를 일으키
기도 하고, 그러고 나서도 아무 일 없었던 듯 복귀한다. 유명
체육인이 수십 년 간 성폭행을 일삼았다는 의혹에 휩싸이고, 3

권 분립을 지켜야 할 법원의 수장이 정권의 입맛에 맞게 법을 농단했다는 의혹도 불거진다.

이들은 그런 짓을 저지르고도 정체성의 혼란을 느끼지 않는 듯하다. 죄송하다 하지만 과연 진심인지 모르겠다. 죄송하다면 모든 걸 내려놓아야 할 터인데 이들은 그렇지 않다. 언제든 다시 올라온다, 수면 위로…. 이들의 추락을 지켜보는 건 기분이 별로다. 그보다 더 좋지 않은 건, 추락 이후에도 부서지지 않고 추락 이전의 상황으로 꾸역꾸역 올라가려고 하는 뻔뻔함이다.

솔직히 나도 그럴까 봐 걱정된다. 저들과 별반 다르지 않을까 봐, 나 역시 추락한 이후에 반성하고 성찰하지 않고 뻔뻔해질까 봐, 그게 두렵다.

추락하지 않았음에도 언제든 내 추한 모습이, 내 어둠이, 내 안의 악이 제 본 모습을 보일까 봐, 그걸 빤히 지켜보면서도 제어하지 못하고 당연하게 여길까 봐, 알량한 권력으로 남을 통제하고 억압하고, 심지어 폭력까지 휘두를까 봐, 그렇게 끝 모르게 추락할까 봐, 추해질까 봐, 두렵다.

J.M.쿳시의 소설 『추락』에는 이런 말이 나온다.

"어쩌면 가끔씩 추락하는 것도 우리에게 좋은 일인지 모르지요. 부서지지만 않는다면요."*

추락이 좋은 일인지는 잘 모르겠지만 추락한 이후에 비로소 보이는 것들이 있다.

---

*   J.M.쿳시, 왕은철 옮김, 「추락」(동아일보사, 2004), 253쪽.

추락

내 안의 어둠, 저들의 뻔뻔함.

그리고 생각보다 악한, 나란 존재.

임전태세로 사는 거, 서글프다

당할까 봐 미리 되돌려주는 모욕에 대하여

날이 더우면 겨드랑이에 땀이 찬다. 팔을 들어 올려 땀을 말리고 싶으나 이미 젖어버린 겨드랑이를 남에게 보이고 싶지 않기에 팔도 들지 못한다. 땀은 더 나고 겨드랑이는 더 젖어오고…. 하필… 지하철 안이다. '악~' 소리 나는 악순환.

악순환은 딜레마를 초래한다. 팔을 들 것이냐 말 것이냐를 고민하다 보면 이러지도 저러지도 못하는 딜레마에 빠진다. 딜레마가 악순환을 가속화시킨다. 어떤 행동이든 이미 늦어버린 것만 같다. 묵묵히 감내해야 하는 상황만 남은 듯하다. 지하철은 왜 이리 더디 가는 건지.

내 몸에서 벌어진 일이나 결코 원치 않았던 악순환과 딜레마. 이 환상적인(?) 조합 앞에 애먼 내 겨드랑이만 고생이다. 행여 남이 눈치챌까, 냄새가 풍길까 눈치만 살핀다. 앞에 앉아있으면서 자꾸 나를 보는 중년 남자는 사실 내 겨드랑이를 보고 있는 건 아닐까, 옆에 서 있는 20대로 보이는 여성이 슬금슬금 옆으로 가는 것은 냄새를 피하기 위함인가 등등 온갖 망상이 자리 잡아간다. 왠지 벌써부터 창피한 느낌이다.

사실 별일, 아니다. 더운 날 겨드랑이에 땀 차는 건 지극히 당연한 생리현상이다. 창피해할 일, 아니다. 그런데도 난 행여 누군가 킥킥댈까 두려워지고 불안해진다. 신경이 날카로워진다.

모욕

주위에 있는 사람들이 나만 쳐다보는 것 같다. 순간, 내 눈이 무서워지는 걸 느낀다. 고슴도치가 가시를 세우듯 창피를 당할까 봐 지레 험악해진다. 의도하지 않았고, 그럴 생각도 없었지만 난 언제든 치고 들어오면 맞받아칠 준비를 갖추고 있었다. 세상에, 이게 뭐라고. 별일 없이 집에 들어온 다음 곰곰이 생각한다. 별일도 아닌데 난 왜 날을 세우고 있었을까.

이기호의 소설 〈최미진은 어디로〉에 이런 말이 나온다.
때때로 나는 생각한다.
모욕을 당할까 봐 모욕을 먼저 느끼며 모욕을 되돌려주는 삶에 대해서.
나는 그게 좀 서글프고, 부끄럽다.*

누군가가 해코지를 할까 봐 겁이 날 때가 있다. 느닷없이 누군가 모욕을 줄까 봐 긴장할 때가 있다. 그런 일이 벌어지지도 않았는데 지레 겁을 낸다. 거기서 그치면 다행인데 창피와 모욕을 당할지 모른다는 생각에 바짝 긴장한다. 느끼지도 않은 창피와 모욕감 때문에 언제든 치받을 준비를 하고 산다는 느낌이다. 아무 잘못도 하지 않았는데 모욕을 느낀 경험 때문이다. 사람이 사람에게 가하는 폭력과 모독과 모욕을 직접적이든 간접적이든 경험했기 때문이다.
낯선 이를 경계하는 것에서 그치지 않고 언제든 적의를 드러

---

* 　　　이기호, 〈최미진은 어디로〉, 「누구에게나 친절한 교회 오빠 강민호」(문학동네, 2018), 33쪽.

낼 준비를 하고 사는 듯 느껴진다. 각박하다는 말로도 모자란, 그런 경지다. 비단 나뿐만은 아닐 게다. 자신과 별 상관없는 이들에게 가해지는 댓글 폭력. 자신과 다른 이들에게 쉽게 향하는 혐오의 표현. 언제 어디서나 화낼 준비를 마친 듯 무뚝뚝한 얼굴로 거리를 지나는 사람들. 나를 비롯한 그들의 웃음기 없는 얼굴은 어쩌면 방어벽인지 모른다. 상처를 입을까 봐 지레 겁먹고, 누구에게든 미리 상처를 주기 위한 만반의 준비, 임전 태세인지도 모른다.

이 또한 악순환이고 딜레마다. 모욕을 당할까 봐 두려운 마음이, 모욕감을 먼저 느끼고, 그렇게 느껴진 모욕감을 다른 이에게 발산하는, 그런 악순환. 사납고 성난 사람들 틈에 끼어 있는 느낌 때문에 자신에게 다가오는 사람을 경계해야 할지 받아들여야 할지, 기나긴 탐색을 해야만 하는, 그런 딜레마. 그렇게 악순환은 딜레마를 초래하고, 딜레마는 악순환을 가속시킨다.

세상은 날카로워진다.

샤워를 한다. 겨드랑이의 땀을 씻어내며 하루의 긴장도 털어낸다. 소파에 앉아 안온한 분위기에 몸을 맡긴다.

문득 임전태세로 사는 내가 부끄러워진다.

나를 비롯해 그리 사는 사람들이 서글퍼진다.

가끔 낯익음보다 낯섦이 낫다
낯선 시공간에서 낯선 나를 발견하는 쾌감

분명 처음 겪는 일인데 과거에 경험했던 것처럼 느껴질 때가 있다. 누군가와의 대화 도중에 같은 대화를 전에도 한 적이 있는데 도통 기억이 나지 않고, 전에 와본 적이 한 번도 없는데 너무 익숙한 공간에 온 듯한 착각이 들기도 한다. 프랑스어로는 데자뷔(Deja vu), 우리말로 하면 기시감(旣視感)이다.

분명 익숙한 것인데 온통 낯설게 보이는 때도 있다. 전에도 와 본 장소, 분명 과거에 경험한 상황, 출퇴근길처럼 너무나 익숙한 공간이 마치 처음인 것처럼 낯설게 느껴지는 경우다. 프랑스어로는 자메뷔(Jamais vu), 우리말로는 미시감(未視感)이다.

기시감은 뇌의 착각이 원인이라 하고 미시감은 기억의 오류나 기억상실의 병증이라고 한다. 뭐가 됐든 난 기시감과 미시감을 종종 경험한다. 낯섦이 익숙함으로 다가오기도 하고 익숙함이 낯섦으로 다가오는 것이다.

낯선 공간, 낯선 시간에서 낯익음을 발견할 때는 고개를 갸우뚱한다. 아무리 과거의 기억을 떠올려도 당최 생각이 나지 않는다. 처음 본 사람인데 언젠가 한번 만난 사람 같고, 처음 걷는 길인데 전에 와본 적이 있는 듯하게 느껴진다. 기억의 언저리를 훑어보지만, 경험하지 않은 일이 기억으로 남을 리 없

27

기에 매번 실패한다. 그러면서도 여전히 기억을 떠올리려 하지만 결국은 착각했다며 포기한다. 기시감을 느낄 땐 딱 여기에서 끝난다.

그런데 낯익은 공간에서 모든 게 온통 낯설게 보일 때는 소스라치게 놀란다. 어느 순간 출근길 풍경이 달라지고 전에는 한 번도 보지 못한 것들이 보이기 시작한다. 분명 어제는 그러지 않았는데 오늘은 온통 낯설다. 매일 들어왔던 내 목소리가 낯설고, 거울 안의 내 모습이 낯설다. 그럴 때면 고개를 갸우뚱거리는 데서 그치지 않는다. 낯선 시공간에 갇힌 느낌이 들고, 그 낯섦이 내 안으로 스며든다. 나조차도 낯설게 느껴지기에, 내 뇌에 새겨진 기억을 믿을 수 없게 된다. 이럴 때는 너무나 확고했던 나란 존재에, 또 내 기억에 균열이 일어난다. 과연 난 나를, 내 기억을 믿을 수 있는 건가.

소스라치게 놀라긴 하지만 가끔 난 이 낯섦을 즐긴다. 먼 발치에서 내가 하고 있는 꼬락서니를 지켜보는 재미가 있다. 종종 낯선 나에게서 낯선 말과 낯선 몸짓이 튀어나오는 걸 객관적으로 보게 되는 진귀한 경험도 한다. 너무나 익숙한 나란 존재를, 너무나 익숙하지 않게 지켜보는 것. 그건 기억상실의 병증일 수도, 기억 오류일 수도 있지만 때로는 내 기억이 상대적이기에 절대적으로 믿기 힘들다는, 그런 성찰의 기회를 안겨주기도 한다.

어쩌면 나에게는 모든 걸 낯익다고 여기기보다는 낯설다고 여기는 게 나을지도 모른다. 낯익음은 안정과 평온으로 다가오기도 하지만 정체와 침체를 불러오기도 한다. 마찬가지로 낯섦은 불안과 떠돎이기도 하지만 호기심과 흥분, 객관화와 성찰을 안겨주기도 한다.

　삶에는 안정과 평온이 필요한 것과 같은 무게로, 호기심과 흥분도, 자기 객관화와 성찰이 반드시 필요하다.

　매일 똑같은 일상. 어제와 같은 오늘, 오늘과 같은 내일은 익숙한 만큼 지루하다. 그 지루함을 깨뜨리는 게 낯섦이다. 나를 믿을 수 없게 되고, 내 기억을 믿을 수 없게 될 때, 더 나아가 내가 그동안 살아온 삶에 대해 회의를 느낄 때 변화는 일어난다.

　낯선 시간과 낯선 공간, 낯선 사람, 낯선 나.
　가끔 그게 필요하다.

쉽게 가늠하고 섣불리 판단하지 말 것

가늠하기 어렵다면 침묵이 답

개인적이고 내밀한 속내를 털어놓는 사람과의 대화는, 한때 조금 혼란스러웠다. 가만히 듣고만 있어도 될걸, 그가 안고 있는 고민을 내가 해결해줘야 한다는 강박 때문에 충고를 해댔다. 그러고 나면 내게 속내를 털어놓던 이가 더 이상 얘기를 하지 않았다. 뭔가 실수한 느낌은 드는데, 그게 뭔지 도통 몰랐다.

나에 대한 신뢰가 있으니 속내를 털어놨을 테고, 속내를 털어놓을 때는, 뭔가 고민이 있어서였을 테고, 고민이 있다는 건 해결을 바란다는 걸 텐데, 기껏 아는 것 모르는 것 이것저것 다 끌어내어 그가 처한 상황에 부합할 것 같은 얘기를 해줬는데 왜 입을 닫는 건지 의문이었다. 조금 전까지 그렇게 힘들다고 토로하던 이가, 갑자기 말을 멈추는 게 혼란스러웠다.

누군가에게 속내를 털어놓는 건 쉬운 일이 아니다. 더구나 자신의 부끄러움과 슬픔을 내보이는 건 더 어렵다. 그런데도 나는 내게 속내를 털어놓는 그가, 얼마나 힘겨워하는지도 가늠하지 못했고, 이야기를 꺼내기까지 고민에 고민을 거듭했을 거라는 사실을 간과했다.

속내와 고민을 털어놓는 그가, 자신이 처한 상황을 가장 잘 알고 있으며, 해결 방법도 알고 있으리라는 걸 짐작하지 못했다. 다만, 그는 누군가의 공감을 원할 뿐이라는걸, 누군가에게 고민을 토로하면서 스스로 조금은 가벼워지길 기대했다는걸, 그때는 몰랐다. 바보 같았다. 그가 내게 얘기하는 목적 자체를 잘못 판단한 때문이다.

지금도 가끔 누군가가 속내를 보인다. 복잡한 고민을 토로한다. 이제는 그럴 때면 우선 듣는다. 그가 가진 고민을, 그 고민 속에 담긴 분노와 아픔, 슬픔, 격정, 실망 등을 가늠한다. 가늠이 어느 정도 되면 말을 보탠다. 해결? 그건 내가 해결할 성질의 것도 아님을, 해결해줄 수도 없다는 걸 이제는 안다.

다만 뭔가 도움이 되고 싶은 마음은 있다. 그가 내게 얘기를 한 것도, 또 내가 얘기를 듣는 것도 그 때문이다. 그에게 하는 말도 딱 그 정도에 머물러 있다. 그가 나에게 직접적으로 '너라면 어떻게 할래'라고 묻지 않는 한 말을 더 보태지 않는다. 내 경험을 일반화시키지도, 그걸 상대방에게 강요하지도 않는다. 내가 가진 틀 안에서 상대방을 �섣불리 가늠하려 하지도 않는다.

나에 대한 신뢰가 있으니 숨기고 싶은 속내를 털어놓겠지만, 가끔 듣기에도 버거운 얘기를 하는 사람들이 있다. 가늠조차 어려운 그런 아픔을 겪었거나 겪고 있는 사람들이 있다. 아무리 가늠하려 해보지만, 이해하기 어려워 고개조차 끄덕이지 못하는 상황에 처한 이들이 있다. 그럴 때는 귀만 연다.

가늠하기 어렵다면 침묵해야 한다. 가늠조차 할 수 없을 때는 닥치고 있어야 한다. 선의에서 무심코 튀어나온 말이 상처가 될 수도 있기 때문이다. 그래서 쉽게 가늠하지도, 별 고민

없이 말을 내뱉지도, 아는 척하지도 않는다. 내가 아는 건 일천한 나만의 경험일 뿐이다. 같은 시공간에 살고 있지만, 그가 겪어온 세월이 다르고, 겪어낼 삶이 다르다. 우연히 그와 내가 연이 닿아 서로 만나 대화를 나누고, 속내를 털어놓았을 뿐이다.

공감은 고사하고 가늠조차 할 수 없는, 헤아릴 수조차 없는 슬픔과 아픔을 안고 사는 사람이 분명 있다. 그들의 존재를 난 여기저기서 확인한다. 그들에게 충고랍시고, 조언이랍시고 던지는 말은, 때로 폭력이다. 또 '도와주겠다'는 말은 오만으로 가닿을 수도 있다. 속내를 털어놓는 이가 바라는 건 공감과 이해 정도인지도, 그냥 말로 속을 푸는 행위 그 자체인지도 모른다. 어쩌면 내가 가늠해야 할 것은, 그가 처한 상황이나 고민이 아니라, 그가 나에게 속내를 털어놓는 그 이유일 것이다. '오죽했으면 나에게 저리 아픈 속내를 털어놓겠는가'란 생각을 먼저 할 줄 알아야 한다.

가늠은 판단이다. 타인이 처한 상황을 쉽게 가늠하는 건, 섣불리 판단하는 것과 같다. 경계해야 할 일이다.

가늠

내 안의 '가오나시'

욕망과 좌절이 집착을 부르고, 집착은 폭력으로 쉽게 화한다

애니메이션 <센과 치히로의 행방불명>(2001)에서 가장 인상 깊었던 캐릭터는 '가오나시'다. 온순하게만 보이던 가오나시는 치히로가 자신의 호의를 받아들이지 않자 흉포하게 변한다. 치히로의 관심을 끌고 싶어 하지만 치히로가 이를 거절하자 성질도, 모습도 흉측하게 변하는 것이다.

손에서 나오는 사금으로 유혹해 다가오는 다른 요괴를 삼키고, 닥치는 대로 음식을 먹어 치운다. 외롭다며, 배고프다며, 그는 직설적으로 자신의 욕망을 내보이며, 치히로에게 집착하고 탐욕 덩어리로 화한다. 호의에서 시작된 욕망이 탐욕으로 변하고, 거절에 대한 감정의 격앙이 집착과 폭력으로 화한다. 그렇게 변한 가오나시는 무섭고, 두렵다.

난 가오나시에게서 욕망의 과잉에서 온 집착을 본다. 정확히 말하면 과잉된 욕망의 좌절이 불러온 참극을 본다. 욕망에 사로잡혔을 때, 채워지지 않는 욕망을 어떻게든 채우려고 할 때, 어떤 이유에서든 욕망이 좌절될 때, 사람은 집착하고 흉포해진다. 사나워지고 모질어진다. 특히 가오나시처럼 사람의 마음을 얻으려 하는 욕망이 좌절될 때, 누군가의 마음을 이해하는 게 아니라 소유하고자 할 때 더 그러하다. 자신뿐만 아니라 주위까지 피폐하게 만든다. 모든 사람이 그런 건 아니지만 좌절된 욕망에 휘둘려 무섭게 변하는 사람이 있다.

사람은 누구나 욕망을 갖고 있다. 욕망이 없는 인간은 존재하지 않는다는 게 내 생각이다. 만약 욕망이 없는 인간이 있다면 그는 살아 있어도 죽은 것과 마찬가지다. 크건 작건 사람이 품고 있는 욕망은 살아갈 의지가 된다. 뭔가를 이루고 싶고, 갖고 싶다는 그 욕망은 삶의 불쏘시개가 된다. 허나 욕망이 충족되지 않을 때는 그 욕망의 불길은 스스로에게 향하고, 욕망의 대상에게 폭력으로 가닿는다.

흔히 '데이트 폭력'이라 칭해지는 '범죄'(그렇다, 이건 범죄다)는 욕망의 좌절이 불러온, 정확히 말하면 욕망이 좌절된 이유를 특정한 대상에게 가하는 폭력이다. 연인 간의 치정이나 사랑싸움 정도로 희석시키는 측면이 있는데, 사실상 '데이트 폭력'에서 주목해야 할 것은 '데이트'가 아니라 '폭력'이다. 그 폭력은 폭행, 성폭행, 강간, 살인이 되기도 한다. 집착이, 질투가, 욕망의 과잉과 좌절이, 누군가를 해하는 폭력으로 가닿는다. 어쩌면 가장 믿었던 사람이, 가장 사랑했던 사람이, 나에게 해를 가하는, 그런 상황이 발생하는 것이다. 그건, 가장 편안해야 할 집이 공포의 현장으로 변하는, 공포영화와 닮아있다. 그래서 더 두렵고 흉측하다.

가오나시는 치히로가 베푼 호의를 갚고자 했다. 좋은 의도였다. 그러나 의도만 좋았을 뿐이다. 치히로의 환심을 사려는 욕망은, 치히로가 그걸 거절했을 때 집착으로 변했다. 그 집착은 너무나 쉽게 폭력으로 변질된다. 그때부터는 폭주밖에 남아있지 않다.

흉포

감정의 격앙에서 오는 폭주는 쉽게 다스려지지 않는다.

안다. 누구나 감정이 격앙된다고 해서 폭력을 휘두르는 건 아니다. 누구나 욕망이 좌절됐다고 해서, 그 대상에게 폭력을 가하지도 않는다. 하여, 이렇게 말할 수 있겠다. 전에는 착했던, 나에게 잘해줬던, 그 사람이 나로 인해, 내가 그 사람의 사랑을 이해하지 못해, 내가 거절했기 때문에 흉포하게 변한 게 아니라 흉포함이 그에게 이미 내재되어 있었다고. 작은 스파크만 튀면 언제든 발화할 준비가 되어 있었다고. 나를 사랑한 게 아니라 소유물로 생각했던 것이라고.

집착은 욕망 중에서도 소유욕이 좌절됐을 때 더 크게 온다. 누군가를 소유하고픈 욕망, 온전히 내 것이라는 착각, 내 말대로 내 뜻대로 생각하고 움직여야 한다는 오만, 원하는 건 무엇이든 가져야 한다는 유치한 소유욕이 집착을 부르고, 나보다 약한 이에게 폭력으로 가닿는다. 흔히 집착도 사랑의 한 형태라고 말하곤 하지만, 내 생각은 다르다. 누군가에게 집착하는 순간 사랑은 이미 끝난 것과 같다. 상대방을 의심해서 집착하는 건지, 집착해서 의심하는 건지 모르지만, 집착은 의심을 동반한다. 그 의심과 집착을 극복하지 못한다면 사람은 흉포해지고 사랑은 끝난다.

가오나시는 폭주를 끝내고 원상태로 돌아온다. 조용하며 온순한 본래의 모습을 찾는다. 이제 다시는 폭주할 일이 없을 것도 같다. 그러나 불안하다. 언제든 발화의 기회만 엿보고 있을지도 모르기 때문이다.

나 역시 마찬가지다. 내가 가오나시처럼 언제든 흉포하게 변할 수 있다는 불안을 안고 산다. 내 안의 가오나시의 존재를 본 적도 있고, 지금도 내 안에 숨어 있는 걸 느끼기 때문이다.

내 안의 가오나시에게 한마디 전한다.

"네가 거기 있는 줄 안다만, 우리 웬만해선 만나지 말자."

왜 내게 무해한 사람에게 해를 가하는 걸까
불안하고 부끄럽다

그래 그날, 술을 마시고 어떤 작자를 씹고 씹고 참을 수 없어
남의 집 꽃밭에 먹은 것을 다 쏟아냈던 날.
내가 부러뜨린 그 약한 꽃들은 어떻게 되었을까.*
이성복의 시 <세월의 집 앞에서>를 읽으며 생각한다.

　내 입으로 들어가는 걸 책임져야 하듯 내 입 밖으로 나오는
것 또한 책임져야 한다.
　내 입으로 들어가는 밥을 책임지는 건 나와 내 가족의 삶을
책임지는 것과 같다. 어떻게든 돈을 벌고 생활을 유지해야 한
다. 그게 삶의 기본 요건이다. 입안으로 들어가는 걸 책임지지
못하는 건 삶에 대한 유기(遺棄)이고, 개인이 그 책임을 다하게
하지 못하는 사회는 사회라 부르기 힘들 것이다.
　마찬가지로 내 입 밖으로 나오는 것 또한 책임져야 한다.
　그건 타인에 대한 태도의 문제임과 동시에 나란 인간에 대한
증명이다. 하여, 책임져야 한다, 입 밖으로 내뱉어진 말은….
망언이나 실언을 했으면 사과해야 한다. 상대방에게, 또 자신
에게도. 그런 사과가 제대로 이뤄지지 않는 걸 용인하는 사회
는 파렴치한 사회라 불러도 무방하다.

---

* 　　이성복, <세월의 집 앞에서>, 「정든 유곽에서」 (문학과지성사, 1996), 54쪽.

그걸 알면서 내 감정에 취해 입 밖으로 나오는 말을 주체하지 못할 때가 꽤 된다.

세상에는 좋은 사람도 많지만 밉고 싫은 사람도 많다. 밉고 싫은 사람에게 좋은 말을 해줄 아량 같은 거? 나에겐 없다. 난 기회가 생기면 그들을 씹고 씹는다, 잘근잘근. 거기까지는 좋다. 문제는, 최은영의 소설집 제목인 '내게 무해한 사람'에게 해(害)를 가할 때가 있다는 것. 대부분 다른 사람에게 받았던 상처를 내게 무해한 사람에게 폭발시키곤 했다. 심지어 사랑하는 이에게도.

군대에 있을 때 깨달은 것 중 하나는, 나에게 잘해주는 선임보다 나를 갈구는 선임에게 더 신경을 쓴다는 어이없는 사실이었다. 잘해주는 선임에게 오히려 더 잘해야 할 텐데 나는 그러지 못했다. 나에게 잘해주니까 이해하겠지, 하는 심정이었다. 짜증 내고 화내는 사람보다 웃어주고 토닥여주는 사람을 소홀히 대했다. 누군가에게 이해받고 있다는 게, 누군가에게 해를 가할 수 있다는 건 아닐진대, 부끄럽지만, 난 그랬다.

지금도 그러고 있는지도 모른다. 군대에서 그런 일을 겪은 후 조심하고는 있지만 장담은 못 하겠다. 내 화를, 애먼 사람에게 풀고 있는 건 아닌지, 나보다 약해 보이는 사람에게 토악질을 해대고 있는 건 아닌지, 불안하다. 그 불안함 때문이었을까. 저 시가 뇌리에 쏙 박힌 건….

밉고 싫은 사람에게 느낀 화를, 그와 전혀 상관없는 좋고 이해해주는 사람에게 토해내고 있는 건 아닌지, 내 입 밖으로 나온 말이 누군가를 부러뜨리고 있는 건 아닌지, 내 감정에만 취

무해

해 타인을 전혀 살피지 않는 그런 위선자는 아닌지, 의심한다.

　단정보다는 가정, 확신보다는 의심이 낫기에….

　내 입 밖으로 나오는, 오물처럼 더러운 말 때문에 상처받은 누군가에게 사과한다.

　진심으로 미안하다.

손에게 부끄럽지 않길

삶의 흔적을 담은 손

잘 차려입은 청년이다. 슈트를 차려입고, 양 손목에 찬 팔찌와 시계가 살짝 보인다. 정갈하게 머리를 빗어 넘겼고, 얼굴엔 화색이 돈다. 희끄무레한 손이 바쁘다. 그 손에 말라붙은 핏자국이 보인다. 어쩌다 다친 건지 능히 짐작된다. 저 손에 들린, 지금도 내 머리 위에서 바쁘게 움직이는 가위에 손을 벤 거겠지. 그 손의 상처를 보는 순간, 머리를 깎고 있는 내 뒤의 청년이 달리 보인다. 뭐랄까. 조금 친밀해진 느낌이다. 오늘 처음 봤음에도. 저 손에 새겨진 상처가 고생의 흔적으로 느껴져서일 것이다. 아니 삶의 흔적을 살짝 엿본 느낌 때문일 수도.

그러다 내 손을 물끄러미 바라본다. 작다. 거죽이 꺼칠하다. 울퉁불퉁하다. 움직여본다. 꼼지락꼼지락. 쥐었다 펴본다. 맞대어본다. 비벼본다. 깍지도 껴본다. 감싼다. 온기가 느껴진다. 오른손 가운뎃손가락에는 옹이가 져 있다. 펜을 많이 잡은 것도 아닌데 안쪽에 굳은살이 배겨있다. 왼쪽 새끼손가락 손톱은 오른쪽보다 두껍다. 고등학교 때 농구를 하다가 손톱이 빠졌다가 다시 자라면서 손톱이 좌우로 두꺼워졌다. 여기저기 자그마한 상처들이 보인다. 고생이 많았구나, 그동안.

손. 물끄러미 바라보고 있는 동안에도 저 손은 쉴 새 없이 움직인다. 하루를 돌아본다. 저 손은 얼굴을 씻어줬고 옷도 입혀

손

줬고 음식도 만들었고 상도 차렸다. 자판을 두드렸고 피곤에
절은 얼굴에 마른 세수도 해줬다. 핸드폰을 만지작거렸고 책장
도 넘겨줬다. 커피를 내리고 마시게 해줬다. 아, 밥도 먹었지.

악몽에 시달려 자다가 우는 아이의 등을 토닥여줬고 머리를
쓰다듬었다. 살짝 볼도 꼬집었고. 사랑하는 이의 손을 맞잡았
었고 간지럽히기도 했다. 재미있는 이야기에 물개박수도 쳤고
힘내라며 누군가의 어깨를 두드리기도 했다. 기타도 친다. 왼
손으로는 지판을 잡고, 오른손으로는 기타줄을 뜯는다. 목공도
한다. 대패질과 끌질을 하고, 나무를 붙이고 자르며 뭔가를 만
들어낸다. 지금 내 눈앞에 있는 두 손으로. 그럴 때 손에게 감
사한다.

손재주가 없다고 했다. 어렸을 때부터 들었던 말이라 내가
뭔가를 만드는데 소질을 없는 줄 알았다. 그런데 내 두 손이 뭔
가를 만들어내기 시작했다. 책상도 만들고, TV장도 만들고, 음
식도 만든다. 김치를 썰고 양파를 썰고 감자를 썬다. 그러다 보
면 나름 맛있는 김치찌개와 된장찌개, 잔치국수가 만들어진다.
이 손으로 자판을 두드리면서 글을 쓰는 것도 뭔가를 만드는
행위와 같다. 그래서 손으로 하는 일은 즐겁다.

허나, 안다. 저 손은 누군가를 때린 적이 있고, 떠민 적도 있
으며, 위협하기도 했다. 경멸을 담아 누군가를 향한 적도 있고
말도 안 되는 변명과 함께 손사래를 치기도 했다. 군대에선 총
도 쏴 봤다. 총을 들고 방아쇠를 당기고, 총신에서 총알이 나가
며 일으키는 반동을 느낀 적이 있다. 살아있는 생명을 향한 적
은 없지만 총을 쏘며 쾌감도 느꼈다.

내 의지대로 움직이는 손이지만, 바로 그 이유 때문에 손은
때를 타기도 한다. 오물과 같은 더러움에 휩싸이기도 한다. 그
래서 가끔 손에게 미안해진다. 나란 인간을 힘겹게 견디고 있
는 듯하여.

손이 부끄러웠다. 너무 매끈하고 부드러워서. 투박하고 때
낀 손을 맞잡을 때는 조금은 편한 내 노동을 들킨 것 같아 속으
로 고개를 떨궜다. 나와는 다른 투박한 손을 맞잡을 때는, 내심
존경을 표한다. 저 손으로 누군가와 함께 하기 위해 밥을 번다
는 그 사실에 동료의식을 느끼기도 한다. 그런 손을 부러워하
기도 했다.

사람 생김새가 다 다르듯 손도 생김새가 다르다. 삶도 마찬
가지. 날 때부터 다르지만 살면서 더 달라진다. 한 인간의 삶의
흔적은 얼굴을 비롯한 온몸에 새겨지는데 손에 가장 많은 흔적
이 남는 듯하다. 내가 한 행동을, 내 인생을 제일 잘 아는 것도
손인 듯하다. 그런 손에게 부끄럽지 않게 살면 왠지 괜찮은 삶
이라고 여길 것 같다.

손에게 부끄럽지 않길,
그게 나란 존재를 가장 잘 보여주는 손에 대한,
내 인생의 흔적을 깊게 품고 있는 손에 대한,
곧 나에 대한 예의이리라.

손

머리를 든다

굽히지 않는다

"벼는 익을수록 고개를 숙인다."

겸손과 겸양에 대한 속담이다. 속이 꽉 찬 사람일수록, 훌륭한 사람일수록 자기를 내세우지 않는다는 얘기다. 이 속담은 누구의 말이라도 허투루 듣지 않고 누구에게나 고개를 숙일 줄 아는 사람을 떠오르게 한다. 단순히 고개만 숙이지 않는 게 아닌, 꼿꼿한 선비 같은 이가 떠오른다.

이 속담과 대척점에 있는 게 "빈 수레가 요란하다"이다.

살면서 벼 같은 사람보다는 빈 수레 같은 사람을 더 많이 본다. 그들은 자기가 얼마나 대단한 사람인지를 스스로 밝히는 데 혈안이 되어 있다. 자기가 어떤 일을 해봤고, 어떤 직위에 올랐으며, 누구누구와 잘 안다 등등의 말을 서슴지 않고 해댄다. 그가 빈 수레인지 아닌지는 확인할 길이 없지만, 난 그런 사람을 볼 때면 자연스럽게 요란하게 퉁탕거리면서 먼지를 풀풀 날려대는 빈 수레가 떠오른다. 속빈 강정도….

그런 사람을 만나면, 머리를 들고 허리를 세운다. 조금만 자세를 흐트러도 고개 숙이는 모양이 나올까 봐서다. 눈도 똑바로 본다. 대신 고개를 끄덕이지는 않는다. 뻗대고 싶다. 적을 만난 고슴도치처럼 가시를 세우고, 위험이 닥치면 몸을 부풀리는 복어처럼 잔뜩 긴장한다. 아마 그때 내 표정은 이리 말하고 있을 게다.

"그래서, 뭐 어쨌다고요?!"

내 표정을 읽어내고 말을 좀 줄이면 좋으련만, 이런 사람은 눈치가 없는 건지, 눈치를 보지 않는 건지, 눈치 볼 필요가 없다는 건지, 자기 말에만 빠져있다. 아무리 마땅찮은 표정을 짓고 있어도 그건 내 알 바가 아니라는 식이다. 이들과의 대화는 끔찍하다. 말을 할 기회도 없거니와 어떻게든 개입해 화제를 돌려도 도돌이표처럼 다시 자기자랑이 시작되고, 결국 그걸로 끝난다. 그런 사람과 함께 있을 때는, 방법이 없다. 들으며 짜증 내거나, 외면하고 있어도 계속 들리기 때문에 짜증 나거나. 둘 중 하나거나 둘 다.

빈 수레 같은 이는 거만하기까지 하다. 그럴 수밖에 없다. 스스로를 대단한 사람이라 여기기 때문이다. 안하무인(眼下無人)이다. "사람 위에 사람 없고, 사람 밑에 사람 없다."라는 속담을 이들은 전혀 이해하지 못할 것이다.

이들은 자기 위에 누가 있는지, 또 자기 아래에 있는 사람이 누군지를 누구보다 잘 파악하고 있다. 그래서 윗사람과 함께 있을 때의 얼굴이, 아랫사람과 있을 때는 표변한다. 어느 게 진짜 얼굴인지는 자명하다. '생존을 위해서', '조직 논리에 따라야 하니까'라는 말은 핑계에 불과하다. 이들은 자리가 가져다 준 거만을 하염없이 즐긴다. 남을 무시하고 모욕하는 방식으로 말이다. 부끄러움? 이들에게 그런 게 있을까?

이런 사람은 어디에나 있었다. 또 앞으로도 부지기수로 만날 게다. 그런 사람을 만나면, 앞에서든, 뒤에서든, 옆에서든, 머리와 허리를 곧추세우려 한다. 눈 똑바로 쳐다볼 거다. 아직 잘 익은 벼가 될 만큼 속이 꽉 차지 않아서인지는 모르겠지만, 참기 힘든 빈 수레 소리를 듣고만 있지는 않을 거다. 한 줌의 권력으로도 남을 무시하고 멸시하고 등한시하는 이들에게 대항하고 저항하고 항거하고 맞서고 버티고 대들고 덤비련다.

　그렇게 머리와 허리를 곧추세운다. 굽히지 않는다.

참 별스러운 오지랖

아, 쪽팔려

어디서 본 얼굴이다. 저 계산대 너머에서 분주하게 커피를 내리고 컵에 따르고 미소와 함께 건네는 저 얼굴을 본 기억이 난다. 꽤 여러 차례 마주했던 기억도….

어디서 봤더라? 생각났다. 여기가 아닌 다른 커피숍에서 마주쳤던 얼굴이다. 파트타임으로 하루를 나눠 오전에는 이곳에서, 오후에는 저곳에서 일하는 모양이라고 짐작한다. 아니면 일하는 곳을 옮겼거나.

점심시간이 막 끝난 때라 줄이 길게 늘어서 있다. 예닐곱 명의 직원들이 벅찬 주문을 소화한다. 주문을 받고, 주문받은 걸 얘기하고, 커피를 내리고, 건네고…. 일사불란하게 움직이는데도 줄은 쉽사리 줄어들지 않는다.

내 차례다. 지체하면 안 될 것 같아 서둘러 음료를 주문하고, 카드를 내민다. 영수증을 받아들고 뒤로 물러선다. 커피를 기다리며 일하는 이들을 바라본다. 미소 지었다가 열중했다가 허둥댔다가 손발이 착착 맞다가 뒤엉키기도 하다가 다시 미소를 짓는다. 주문을 받고 커피를 건네는 과정의 시작과 끝은 미소다.

분주한 가운데에도 잃지 않는 그 미소가 왠지 힘겨워 보인다. 손님이 무례하게 굴어도 서비스직이 지어야 할 웃음 같아

짠하다. 자신이 지불한 돈에, 직원의 친절이 마땅히 포함되어 있다고 생각하는 우리 사회의 풍토가 만들어낸 살풍경이 아닐까 생각한다. 저리 바쁜데 웃음까지 지어야 하다니….

측은하다. 그러다 이 무슨 값싼 감정인가 싶다. 커피숍에서 파트타임으로 일을 하는 게 어떻다고, 힘겨워 보이고 짠하다고 했을까. 제 앞가림이나 잘할 일이지, 남의 사정도 모르면서 남 일하는 걸 두고 측은하다 했을까. 참 별스러운 오지랖이다.

힘들 수도 있다. 허나 그걸 지레짐작하고 누군가에게 동정의 시선을 보내는 건 온당치 않아 보인다. 그건 그들의 노동에 대한 모독이고 노동을 통해 밥벌이를 하는 행위에 대한 모욕이다.

주문을 하고 돈을 지불하는 '나'를, 주문을 받고 돈을 지불받는 '그들'보다 우위에 둔, 하찮기 그지없는 우월감의 발로다. 무의식중에 저지른 타인에 대한 모욕, 나보다 불행한 처지에 있다고 생각되는 사람에게 가한 능멸이다.

너무 심한 자책인가, 하다가 고개를 가로젓는다. 아무리 생각해도 값싼 동정에 불과하다.

김성동의 소설 『만다라』 속 저 문장처럼 말이다.

"동정이란 그러나 괄세보다 나쁜 게 아닐까. 동정이란 자기의 행복을 확인하고 즐기기 위하여 자기보다 불행한 처지에 있는 자에게 던져주는 과자 부스러기 같은 게 아닐까."*

---

*   김성동, 「만다라」(한국문학사, 1979), 278쪽.

설사 동정까지는 아니었다 하더라도 오지랖 떤 건 맞다.
아마 내 속마음을 상대방이 알았으면 필시 불쾌해 했을 터.
나라도 그랬을 테니.

아, 쪽팔려. 이놈의 오지랖.

검은 흉기, 검술은 살인술
어떤 명분을 내걸어도 본질은 바뀌지 않는다

Rage Against The Machine의 음악은 설거지할 때는 피하는 게 좋다. 흥겨운 비트에 몸을 흔들다 그릇 깨뜨리기 십상이기 때문이다. 귀에 꽂히는 비트에 맞춰 몸을 흔들며 음악을 듣다가 멈춘다. 이 곡이 흥겹게 몸을 흔들 성격이 아니라는 걸 눈치챈다.

들고 있던 곡은 <Killing In the Name>. '~의 이름으로 살인을'이라는 뜻을 가진 이 곡은 1992년 처음 발표됐을 때부터 반향을 일으켰다. '선택받은 백인'이기 때문에, 공권력을 가진 '경찰'이기에, 이들의 살인이 정당화되는 걸 비판했기 때문이다. 그것도 강렬한 비트와 기타 연주, 욕설 섞인 "난 너희들이 시키는 대로 하지 않을 거야"란 절규와 함께. 그렇게 인종차별과 공권력 남용 등의 문제를 비판하고 있는 이 곡을 듣다가 다시금 깨닫는다.

어떤 명분을 내건다 해도 해서는 안 될 짓이 있다는걸. 만약 그랬다면 그 책임을 져야 한다는 것.

난 대를 위해 소를 희생한다는 말을 믿지 않는다. 아니 저 말에 강력하게 저항하고 싶어진다. 뭐가 대이고, 뭐가 소냐고 묻고 싶어진다. 대를 위해 소를 희생한다는 그 논리는 대체 어디서 나온 거냐고, 왜 소보다 대가 좋은 거냐고, 왜 소만 희생해야 하느냐고 따져 묻고 싶어진다.

조직을 위해 개인이 희생해야 한다는 소리도 그렇다. 회사 경영이 나빠지면 왜 '구조조정'이란 이름으로 노동자가 직장을 잃어야 하는 건지, 회사 경영을 제대로 하지 못한 경영자들은 왜 책임지지 않는지, 나라를 위해 국민이 희생해야 하는 걸 왜 그리 당연하게 여기는 건지, 왜 그토록 애국심을 강요하는 건지, 정작 책임질 때 왜 국가와 정부는 한 발 뒤로 빼는 건지, 나 몰라라 하는 건지 도통 모르겠어서다.

명분이란 낱말은 구리다.

대의니, 정의니 하는 명분을 내건다는 말을 들을 때마다 구린내가 진동을 한다. 뭔가 썩는 듯하다. 실상은 기득권 세력의 이익을 위해 하는 일이면서 국민을 위한다느니, 너희를 위해서라느니 하면서 명분을 내건다. 그렇게 본질을 희석시킨다. 자신들의 이익을 위해서라는걸, 누군가 이득 보는 사람이 있다는 걸 애써 감춘다.

일본의 메이지 유신 시대를 배경으로 하고 있는 애니메이션 <바람의 검심 : 추억 편>에서 세상을 구하기 위해 칼을 들겠다는 히무라 켄신에게 그의 스승 히코 세이쥬로는 이렇게 말한다.

"검은 흉기. 검술은 살인술. 어떠한 미사여구로 치장해도 그것이 진실. 사람을 지키기 위해 사람을 벤다. 사람을 살리기 위해 사람을 죽인다. 그것이 검술의 진정한 이치."

어떤 명분을 들이댄들 검의 본질은 변하지 않는다.

어떤 명분을 내건다 해도 누군가의 삶을, 행복을, 침해한다면 그건 이미 명분을 잃은 거나 마찬가지다.

목적이 수단을 정당화하지 못한다.
만약 잘못된 수단을 쓴다면 응당 책임을 져야 한다.
비겁하게 명분 따위에 몸을 숨기지 말고 말이다.

의도하지 않은 악이 때로 더 악하다
몰랐다는 건 변명이 되지 않는다

스스로를 악하다고, 나쁜 사람이라고 여기는 이가 몇이나 될까. 과연 있을까. 오랜 질문이었다.

스스로를 착하다고 여기는 사람은 눈에 보인다. 스스로 옳다고 생각하는 사람도. 그런데 스스로를 악하다 생각하는 이는, 여태껏 한 번도 못 봤다. 옳지 않다고 말하는 이도 만나보지 못했다. 인간이 선한 존재만은 아닐 텐데, 또 매번 옳지도 않을 텐데 왜 사람들은 스스로를 선하다 여기고, 때로는 선을 가장할까.

그전에 선과 악, 좋은 사람과 나쁜 사람, 그 이분법이 잘못된 걸 수도 있다.

필연적으로 다중적인 얼굴을 갖고 있는 인간이기에 그렇다. 마냥 선한 듯 보이던 사람도 악한 일면을 내비치기도 하고, 천상 악한이라 불리던 이에게서 느닷없이 약하고 선한 모습을 살짝 발견하기도 한다.

선과 악의 구분은 명확지 않다. 선한 의도였지만 그게 악으로 돌변하는 경우도 있고, 아무런 의도 없이 한 행동이 악하기 그지없는 결과를 초래할 수도 있다. 누군가에겐 선한 사람이지만, 누군가에겐 악한 사람이기도 하다.

스스로가 선하다고, 옳다고 확신하는 건 위험하다. 그건 필연적으로 자기보다 선하지 않은 누군가를, 자기와 뜻이 다른 누군가를 배제하고 차별하고 혐오까지 하는 결과를 낳기 때문이다. 선이 곧 힘이 되고, 힘이 곧 선이 되는 경우도, 다수가 선이고, 소수가 악이 되는 경우도 흔하다. 때로는 대중에게 주목받는 사람이 악이고, 주목하는 대중이 선이 되기도 한다.

위악보다 위선이 더 가증스럽다. 위악은 대부분의 경우 스스로에게 해를 끼친다. 허나 위선이 끼치는 해는 타인에게 가닿는다.

그래서 자신을 선한 존재로 확신하는 건, 옳다고 확신하는 건, 이미 배태된 악과 다름없다. 거기에는 도덕적으로 남보다 우위에 있다는 착각으로 언어폭력을 포함한 폭력을 가할 수 있는 가능성이 잠재해있다.

난, 그걸, 공인이 아님에도 공인처럼 취급받는 연예인의 사생활과 그들이 저지른 잘못에 대해 왈가왈부하는 댓글에서 자주 목격한다. 공인이 아닌 개인을 광장에 세워놓고 여론재판이란 이름으로 돌팔매를 가하는 군중과 언론의 모습에서 확인한다. 자신이 직접 겪지 않고 평판만으로 직장과 학교에서 누군가를 따돌리는 모습에서 읽어낸다. SNS에서 자신의 의견과 다른 의견에 대해 비웃음과 조롱으로 대응하는 사람들에게서 발견한다.

그들은 스스로를 선한 존재로 여기면서 타인을 악한 존재로, 비난을 받아도 되는 존재로 구분 짓는다. 그럴 때 타인에게 무심코 내뱉는 말은 폭력적일 수밖에 없다.

굳이 타인을 악한 존재로 규정짓지 않고도, 자신이 무슨 짓을 저지르는지도 모른 채 무심코 무례하고 모욕적이며, 비웃음과 조롱이 섞인, 말을 내뱉기도 한다. 타인의 입장은 고려하지 않고, 자기 의사를 표현한다는 이유로, 자기에게 그런 말을 할 자격과 권리가 있다는 듯 혐오 발언을 토해내는 이도 있다. 익명성에 기대서, 때로는 당당히 자신을 드러낸 채, 부끄러운 줄도 모르고 그들은 그렇게 타인을 멸시한다. 폭력을 가한다.

지난 월드컵에서 수비 실수를 한 선수에게 가해진 폭력적이고 조롱 섞인 언사를 보면서, 난 무심코 던지는 말이 얼마나 큰 위력을 발휘하는지를 새삼 깨달았다. 그리고 만화 『슬램덩크』 속 한 장면이 떠올랐다.

해남전이었을 것이다. 경기 종료가 얼마 남지 않은 시간. 북산의 강백호가 공격 리바운드를 따냈다. 한 골만 넣으면 이길 수 있는 상황에서 강백호는 주장을 부르며 패스를 건넨다. 채치수가 있을 거라고 생각했던 그 자리엔 상대편 센터 고민구가 있었고 경기는 그대로 끝났다. 모두가 허탈해하던 때 채치수는 울고 있는 강백호에게 다가가 이렇게 말한다. 네 잘못이 아니라고. 누구보다 해남을 이기고 싶어 했던 채치수였기에 아쉬움이 더 컸을 테지만 그는 눈물 콧물 다 쏟아내던 강백호의 머리에 손을 얹고 말했다.

누군들 실수하고 싶어 했겠는가. 누군들 그런 상황을 예상했겠는가. 실수를 한 이보다 더 그 상황을 통탄하고 후회할 이가 있겠는가. 그걸 알기에 채치수는 저리 말했을 거다. 그러나 지난 월드컵 때는 어땠는가. 난 축구에 대한, 승리에 대한 열정이 누군가에게 폭력으로 가닿을지도 모르겠다는 걸. 비웃음과 조

롱 섞인 대중의 비난으로 평생 죄책감에 시달리게 할지도 모르
겠다는 걸 처절히 느꼈다.

　때로 의도하고 행하는 악보다 타인의 처지에 공감하지 못해
내뱉는 의도하지 않은 말이 더 악하다.
　'가장한 악'보다 '가장한 선'이 더 악하다.
　그럴 줄 몰랐다는 건 변명이 되지 않는다. 몰랐다고, 타인에
게 준 상처가 없어지지 않는다.
　무심코 던지는 한 마디 말에도 주의를 기울여야 할 것이다.
　그 말을 곱씹으며 끊임없이 자문해야 할 것이다.

　'난 좋은 사람인가' 하고 말이다.

2장 _ 내려놓고 산다

그렇게 내려놓는다.
선을 가장하지도, 악을 가장하지도 않는 채,
그냥 있는 그대로, 살아간다.
어깨 힘도 빼고, 괜히 눈 부라리지도 않고,
의도적으로 고개 빳빳이 세우지도 않고,
남이 나를 싫어하면 싫어하는 대로,
좋아하면 좋아하는 대로 그렇게 내려놓는다.

내려놓으니 한결 가볍다. 조금, 유쾌해진다.

내려놓고 산다

한결 가벼워진다

쓸데없이 진지하다. '척'을 많이 한다. 어깨에 힘이 들어가 있다. 침묵을 좋아한다. 무게를 잡는다. 분명 재미가 있는데도 남들 앞에서는 잘 웃지 않는다. 허점을 보이지 않아야 한다고 생각한다. 그 허점을 비집고 누군가 들어오면 강하게 물리친다. 거의 항상 인상을 쓰고 있다. 범접치 못할 사람임을 항상 내보이려 한다. 웃는 얼굴에 침 못 뱉는다고 하지만, 실제로는 웃으면 웃을수록 침 뱉는다는 걸 안다. 그렇게 살았고, 살고 있다. 과거의 경험 때문인가 싶기도 하다.

잘 까부는 아이였다. 친구들 앞에서 몸 개그를 시연하고, 소풍이나 수학여행을 가면 오락부장을 도맡았다. 같은 학년 학생이 모두 모인 자리에서, 지금 생각하면 진저리칠 만큼 우스운 춤도 췄다. 누군가를 웃기는 게 좋았고, 나 역시 잘 웃었다. 무슨 일이 있으면 먼저 나섰다. 친구들이 놀려대도 나를 좋아해서 그러는 거라 여겼다. 실제로 그랬던 듯도 하다. 흰소리를 해댔고, 허무맹랑한 얘기도 해댔다. 내가 웃는 만큼 남들도 나를 좋게 봐줄 거라 여겼다. 고등학교 3학년이 될 때까지.

고3 때 선생에게 맞았다.

그렇게 맞은 적이 없었다. 그전에도, 또 그 후에도…. 그날 이후, 성격이 변했다. 웃지 않았다. 숨죽이고 있었다. 잘 웃으면 남들이 우습게 볼 거라 여겼다. 조금만 틈을 보이면 나를 막 대할 거라 생각했다. 그런 사람이 있었다. 웃음에 웃음으로 화답하지 않고, 웃음을 무시로 돌려주는 이가. 그런 이들을 하나둘 만나면서 더 웃지 않게 됐다. 언제든, 또 누구든 날 공격할지도 모른다고 생각했다. 사방이 적으로 둘러싸인 것 마냥 긴장했다. 방심하지 말 것, 허점을 보이지 말 것, 무시할 사람이 아니라는 걸 끊임없이 각인시킬 것. 그런 마음으로 살아왔다. 몇몇 믿을 만한 이들 앞에서만 내 본모습을 보였다. 그러다 이제는 무엇이 본모습인지도 잊어버렸다.

유쾌한 사람을 부러워했다. 조용하면서도 성정이 유쾌하고 유해서 어떤 말을 해도 잘 들어주고 맞장구쳐주는 사람처럼 되고 싶었다. 함께 있으면 유쾌함이 전염돼 얼굴을 펴주는 그런 사람이 되고 싶었다. 하지만 쉽지 않았다. 어느 순간 또다시 벽을 세웠다. 곁을 주지 않았다. 푸석푸석 메말라갔다.

고슴도치 같았다. 온 세상을 향해 가시를 세운 채 웅크리고 있는 고슴도치. 때로 그 가시가 나에게 호의를 보이는 이에게 상처를 주기도 했다. 내가 사랑하는 이에게도 깊은 상처를 남기기도 했다. 그러다 웃는 연습을 하기 시작했다. 지금도 내 곁에 머물고 있는 사랑하는 이가 왜 그리 인상을 쓰냐며 핀잔 아닌 핀잔을 줬을 때부터였다. 거울을 보며 웃었다. 소리 없이 미소를 짓기도 하고, 가식이지만 소리 내어 크게 웃어보기도 했다. 그러다 보니 웃게 되었다. 웃음이 다시 찾아왔다.

내가 원하는 만큼 유쾌한 사람이 되진 못했지만, 이젠 개의

내려놓다

치 않기로 했다. 다른 사람과 관계를 맺을 때 마음 좋은 척도 하지 않고, 억지로 벽을 세우지도 않는다. 상대방이 원하면 곁을 내어준다. 나에게 상처를 주는 사람은 상대하지 않는다. 굳이 상처를 주는 사람을 상대할 여력도, 시간도 없다. 대신 화를 낼 때는 낸다. 화를 삭일 때 내가 더 힘든 걸 알기에 그렇다. 직장에서도 평판관리한답시고 괜한 노력 기울이지 않는다.

사람으로부터 받는 상처, 잘 웃곤 했던 스스로를 바보 같다 여겼던 결벽, 우습게 보이지 않으려 억지로 지키려 했던 자존심, 겉으론 무시하면서도 속으로는 곪아 터져 버렸던 힐난의 말들, 그러면서도 어떻게든 좋게 보이려 했던 위선까지. 그것들을 이제는 개의치 않는다.

이리 생겨먹은 걸 어찌할 건가.
저리 생겨먹은 사람들을 내가 어찌할 수도 없지 않은가.

그렇게 내려놓는다. 선을 가장하지도, 악을 가장하지도 않는 채, 그냥 있는 그대로, 살아간다. 어깨 힘도 빼고, 괜히 눈 부라리지도 않고, 의도적으로 고개 빳빳이 세우지도 않고, 남이 나를 싫어하면 싫어하는 대로, 좋아하면 좋아하는 대로 그렇게 내려놓는다.

내려놓으니 한결 가볍다. 조금, 유쾌해진다.

퇴근길, 절망과 희망의 교차로

오늘도 난 그 길에 오른다

늦은 퇴근길.

버스에서 신해철의 <절망에 관하여>가 흘러나온다. "뜨겁던 내 심장은 날이 갈수록 식어가는 데 내 등 뒤에 유령들처럼 옛 꿈들이 날 원망하며 서 있네"로 시작해 "하지만 그냥 가보는 거야. 그냥 가보는 거야"의 후렴구까지.

<절망에 관하여>는 내 20대를 사로잡았던 노래였다.

좌절의 연속이었던 날들. 좌절이 절망으로 조금씩 자리 이동을 하던 때였다. 20대 후반, 하고 싶은 일을, 꿈꾸던 일을 유보할 수밖에 없었다. 현실과의 타협이라는 말은 너무 거창하다. 그땐 현실과 타협할 만한 능력도, 준비도 되어 있지 않은 상태였다. 혼자 살아갈 만한 변변찮은 밥벌이도 없었다. 그 현실이 갑자기 엄청난 중압으로 다가왔다. 다른 이들처럼 직장을 구해 돈을 버는 일이 온전한 개인으로 독립하는 필요조건임을 진즉에 깨쳐야 했지만, 나는 알량한 꿈에 목매달고 있을 뿐이었다. 더 이상 버틸 수 없을 때 취직을 했고, 여러 직장을 옮겨 다니며 지금까지 밥벌이를 하고 있다.

우연히 <절망에 관하여>를 다시 듣기 전까지, 난 퇴근길에 별다른 의미 부여를 하지 않았다. 휴일을 빼고는 매일 반복되는 일상일 뿐이었다. 하루 노동을 마치고 집에 가는 길, 그게 퇴근길의 전부였다. 그런데 저 노래를 듣고부터 양가감정이 들기 시작했다. '절망'과 '희망'이라는 절대 공존할 수 없을 것처럼 보이는 감정이 퇴근길에 스며 있었다.

옛 꿈들이 원망하며 날 노려보고 있는 것처럼 젊은 시절 가졌던 꿈이 여전히 마음속에 도사리고 있는데도, 어제와 같은 오늘, 오늘과 같은 내일을 살 수밖에 없다는 게 '절망'의 감정이라면, 오늘 퇴근하면 내일도 출근할 수 있다는, 나와 사랑하는 아내와 아이들이 살아갈 수 있는 밥벌이를 할 수 있다는 건 '희망'의 감정이었다. 퇴근길은 그런 절망과 희망이 교차하는 길이었다.

한때 잠시 실직한 적이 있다. 4개월 정도 공백기가 있었다. 그 시절, 난 좌절하고 절망했다. 그때 내 곁엔 이제 두 돌이 지난 첫째와 젖먹이인 둘째, 육아휴직에 들어간 아내가 있었다. 여기저기 원서를 내고 면접을 봤지만 일자리는 쉽게 구해지지 않았다. 행여 내가 부담을 가질까 봐 별말 없이 나를 지켜보던 아내 보기가 민망하고 미안해질 무렵 일자리를 구했다. 겨우 4개월이었지만, 너무 끔찍해 다시는 돌아가고 싶지 않은 절망의 나날이었다. 구직활동을 하고 있다는 걸 증명해야만 겨우 나오는 실업수당을 받는 것도 굴욕이었다. 그때 알았다.

출근길과 퇴근길이 얼마나 귀한 길인지……. 그 길에서 겨우 가느다란 '희망'의 실마리를 잡을 수 있다는 것도.

노동을 하고, 밥벌이를 하고, 집으로 가는 길에 오른다는 건 분명 희망이다. 가족의 행복을 위해 돈을 벌고, 아내와 함께 한

가정을 건사하는 걸 의미하기 때문이다.

하지만 한 편으로는 그건 절망의 길이기도 하다.

어딘가에 매여 있어야 최소한의 희망이라도, 최소한의 행복이라도 건질 수 있기에 그렇다. 희망을 위해 매여 있어야 한다는 걸 의미하기 때문이다.

퇴근길은 그래서 나에게 절망과 희망의 교차로다.

밥벌이는, 신성한 만큼 비루하고, 비루한 만큼 신성하다.

그 신성과 비루를 품고, 오늘도 나는 퇴근길에 오른다.

삶은 발악이 아닐 터
어지간히 아둥바둥하자

무엇을 위해 살까.

높이 오르기 위해? 남들 하는 만큼 살기 위해? 그렇게 살아야만 할 것 같아서? 그렇게 살아야 한다고 배워서?

멈춘다. 돌아본다.

아둥바둥하게 살아온 지난 세월을 물끄러미 지켜본다.

문득 느낀다.

'이대로 살다간 평생 아둥바둥하며 살겠구나.'

여유를 찾고 싶다. 여유를 즐기고 싶다. 그런데 막상 여유로운 시간이 오면 불안하다. 이렇게 여유롭게 지내도 되나. 한가해도 되나. 뭐라도 해야 하는 거 아닌가.

그리곤 뭐라도 한다. 열심히 일하는 것처럼 열심히 놀고 열심히 여유를 부려야 할 것 같다. 뭐든 열심히 해야 한다고 배웠고 그렇게 지내왔다. 강박관념인 걸 안다. 허나 쉽게 바꾸지 못한다. 여전히 아둥바둥의 쳇바퀴 안이다.

출근길. 잰걸음을 내디디며 시작하지도 않은 일을 미리 고민한다. 출근하자마자 오늘 해야 할 업무 목록을 적고, 컴퓨터를 켜고, 자판을 치기 시작한다. 하나의 일을 끝낼 때마다 메모장에 적어 놓은 업무 목록을 하나씩 지워간다. '휴, 이제 하나 끝

냈구나'란 안도감도 잠시, 나머지 목록이 눈에 들어온다. 자기도 얼른 빨리 지워달라며 아우성이다.

어떤 상황이 닥쳐도 능력 있는 것처럼 굴어야 하고, 업무 지시가 떨어지면 군말 없이 처리해야 한다. 일을 하면서 남들과도 사이좋게 지내야 한다. 싫은 사람과 말도 섞어야 하고, 때로는 웃기조차 해야 한다. 이 또한 아등바등이다. 어떻게든 잘 보여야 한다는.

퇴근길. 또다시 잰걸음이다. 비슷한 시간에 퇴근하는 아내와 함께 아이들을 챙겨야 한다. 어서 빨리 가서 애들 저녁을 챙겨 먹여야 한다. 씻기기도 해야 하고 숙제도 봐줘야 한다. 버스에 올라 저녁거리로 뭘 먹을까를 생각하고, 장을 봐야 하는지 말아야 하는지, 냉장고 안에 뭐가 들어있는지, 반찬거리는 뭐가 있는지를 헤아린다.

버스에서 내리자마자 뜀박질로 어린이집에 당도해 아이를 챙겨 급하게 집으로 돌아온다. 해야 할 일 투성이다. 밥 먹고, 설거지하고, 청소하고, 밀린 빨래도 돌리고, 아이들 숙제 챙기고, 씻기고, 내일을 위해 또 서둘러 잠자리에 들고. 하루 일과를 돌이켜볼 여유조차 사치인 듯하다.

누구나 그렇게 살 거란 생각으로 자위해본다. 너도나도 모두 아등바등하며 집도 장만하고, 아이들도 번듯하게 키워가며 살겠지. 행복이라 믿으면서. 그런데 뭔가 불편하다. 아등바등이 발악처럼 여겨져서다. 무엇을 위해 많은 사람들이 왜 이렇게 아등바등 살아야 하는지 회의감이 들어서다.

절벽에 내몰린 것처럼, 곧 절벽 밑으로 떨어질 것처럼 살아가는 게 과연 행복이라 부를 수 있는지 궁금해서다.

아등바등은 가끔 분노로 몸을 떠는 부들부들이 된다. 아등바등하며 살아왔는데 삶에 희망이 느껴지지 않을 때 부들부들 분노하게 된다. 때로 아등바등은 부득부득 우겨가며 어떻게든 이 사회에서 뒤처지지 않으려고 발버둥 치는 모양새가 된다. 내릴 수 없는 롤러코스터에 올라탄 것만 같다.

이건 개인의 욕심을 버려야 해결되는 문제가 아니라는 걸 깨닫는다. 모두가 아등바등할 때, 혼자 아등바등하지 않게 사는 건 힘든 일이기 때문이다. 이 사회가 아등바등하는 개인을 원하는 한, 그게 옳은 삶이라고 강조하는 한, '너만 힘들어? 나도 힘들어'란 말처럼 모두 힘드니까 불평하지 말라고 강요하는 한, 삶에 여유는 찾아오지 않는다. 설혹 여유가 찾아오더라도 불안과 함께 온다.

적당히 아등바등하고 싶다.
엔간히 아등바등하고 싶다.
그래야 숨 쉬면서, 숨 고르면서 살 것만 같다.

발악, 그만하고 싶다.

참을 인(忍) 자 셋이면 내가 누군지 알 수 있다

해보니 알겠다

"참을 인(忍) 자 셋이면 살인도 피한다."라고 했던가.

그래서 오늘도 많은 이들이 참을 인자를 이마에 새겨가며 참고 또 참는 걸까.

"참고 참고 또 참지, 울긴 왜 울어."라고 노래했던가.

하여, 들장미 소녀 캔디는 이라이저의 구박을 참아내고 웃으면서 달려갔던가, 저 푸른 들로?

어쨌든 무턱대고 대책 없이 화부터 내는 것보단 참는 게 더 나아 보인다. 화내고 뒷수습하는 것보다는 혼자 삭이는 게 여러 사람 피곤하게 만들지 않는 방법이다. 나만 참으면 되니까. 물론 참을 수도, 참아서도 안 되는 상황에서는 참지 말아야 하고, 참고, 또 참는 게 미덕인 듯 회자되는 현실이 뭔가 억울하지만 생각을 고쳐먹는다. 나만 참는 게 아니라 다른 사람도 모두 참아내며 사는 것 같기에 그렇다.

이기호의 소설 <화라지송침>에 이런 말이 나온다.

"어쩌면 우리는 모두 무언가를 참아내고 있는 사람들인지도 모른다. 지금 참아내고 있는 그 무엇으로 우리는 우리의 존재를 증명할 수도 있을 것이다."*

---

*   이기호, <화라지송침>, 「김박사는 누구인가?」(문학과지성사, 2013), 322쪽.

참다

저 말처럼 우리는 모두 무언가를 참아내고 있는 사람들인지도 모른다. 참지 않고 사는 사람은 아마 존재하지 않을 것이다. 뭔가를 참아낼 필요가 없는 존재는 득도했거나 해탈했거나 신선이거나 신과 가까운 존재가 아닐까 싶다. 인간으로 태어난 이상, 남녀노소를 불문하고 모두 뭔가를 참아내며 살아간다. 뭘 참아내는지만 다를 뿐. 하여 뭘 참아내는지가 우리 존재를 증명하는 방식이 될지도 모른다.

"누구냐 넌?"이라고 물었을 때 난 뭐라 대답할까. 우선 이름을 말하고 소속과 하는 일을 덧붙인 후 자기소개서대로 얘기할지도 모른다. 어떤 부모 밑에서 어떻게 자랐고, 지금은 뭘 하고 있고, 앞으로 뭘 하고 싶은지를 줄줄이 나열하는 A4 두 장짜리에 담긴 자기소개. 흔하디흔한 존재 증명 방식.

비틀어본다.

뭘 하는지가 아니라 뭘 참아내고 있는지에 집중해본다.

딱 세 개만 꼽아본다.

첫째, 난 출근을 참아낸다. 밥벌이 때문에 하루 대부분의 시간을 직장에서 보내며 보기 싫은 사람도 봐야 하고 얼토당토않는 지시에 따라야 하는 현실을 참아내고 있다. 돈 벌며 생활을 유지할 다른 방법이 없기에 참아내고만 있다.

둘째, 난 내 뱃살을 참아낸다. 하루가 다르게 늘어가는 뱃살을 볼 때마다 한숨짓지만 밥을 줄일 생각도, 운동을 할 생각도 안 하는 만큼 참아내는 것밖에 도리가 없다.

셋째 난 지루함을 참아낸다. 삶이 확 달라질 희소식을 기다리지만 그런 소식은 당최 들려오지 않는다. 대신 대출 상환금

안내 문자와 신용카드 사용내역만 주야장천 날아온다.

참고 있는 것 3개를 꼽아보니 할 짓이 아니란 걸 단박에 알겠다. 이리 허름하고, 누추하다니. '뭘 참아내는가'가 아닌 '뭘 하고 싶은가'로 자기 존재를 증명해온 이유가 이거였나 싶다.

직장에 다니지 않고도 경제적으로 여유 있는 삶을 원하고 있고, 건강을 지키기 위해 운동도 하고 지루할 틈도 없이 자기계발에 열중하고 싶다고 말하면 추레하지 않았을 텐데. 왜 쓸데없이 참아내는 걸로 굳이 존재를 증명하려고 했을까.

헌데, 어렴풋하게만 보이던 나란 존재가 확실히 잡히는 이 이상한 느낌은 뭐지?

자주 할 짓은 아니지만 종종 해봐야 할 필요마저 느끼는, 이 변태스러운 감정이 드는 건 왜지?

어쩌면 뭘 참아내고 있는지는 나란 인간이 품고 있는 욕망과 결핍을 명확히 보여주는 게 아닐까 싶다.

참을 인자 셋이면 내가 누군지 알 수 있다.

해보니 알겠다.

참다

아직 체념하긴 이르다
회사 탈출, 꿈꾼다

점심시간. 사람들이 빌딩에서 꾸역꾸역 밀려나와 곳곳의 식당으로 몰려간다. 식당 안은 이미 만원이다. 북적거리는 식당에서 후다닥 점심 식사를 마친 사람들은 주변을 산책하거나 커피숍으로 향한다. 잠시 동안의 자유시간을 보낸다. 그리고 점심시간이 끝난 무렵 사람들은 다시 꾸역꾸역 밀려들어간다. 출입구부터 엘리베이터까지 줄줄이 사람으로 들어찬다. 그렇게 다시 일터로 향한다.

한가롭던 거리가 사람들로 가득 차는 점심시간. 지나치는 사람들을 살펴본다. 옷차림은 큰 틀에서 벗어나지 않는다. 단정하고 정갈하다. 발걸음은 제각각이다. 한가롭게 거닐기도 하고, 바쁘게 어딘가로 향하는 사람도 있다. 흔하게 마주치는, 별다를 바 없는 모습이지만 특이한 게 하나 있다. 그 사람들 목에 뭔가가 걸려 있다. 사원증이다.

출.퇴근할 때 회사에 들고 나는 걸 알리는, 회사를 드나들기 위해서 반드시 어딘가에 인식을 시켜야 하는 사원증. 그들은 점심시간에 그걸 목에 걸거나 호주머니에 넣고 다닌다. 회사를 나왔다가 다시 들어가야 하기에. 목에 걸고 다니는 사원증은 어디에 소속되어 있으며 취업에 성공했다는, 또 노동으로 밥벌이를 하고 있다는 자랑스러운 상징이다. 누군가는 그 상징을 얻기 위해 오늘도 원서를 쓰고 시험을 보고 면접을 보겠지. 그 험난한 과정을 통과해 사원증을 얻은 이는, 그게 자랑스러워 저리 목에 걸고 다니겠지. 편해서이기도 하겠지만.

그런데 한편으로 사원증은 어딘가에 매여 있다는 목줄이기도 하다. 경제적인 자유를 누리기 위해, 행동과 시간의 자유를 일정 정도 제한해야 하는 구속의 상징이 바로 그 목줄이다. 사축이란 말을 들었을 때 난 사람들이 걸고 다니던 목줄을 떠올렸다. 온종일 회사에 머물며 일을 하고 때로는 야근도 하고, 퇴근한 뒤에도, 또 주말에도 휴대폰으로 업무 지시를 받는 사람들이 걸고 다니는 목줄.

우리는 경제적으로 어려움을 겪지 않고 가족과 함께 살아가기 위해, 노동을 통해 자신의 가치를 증명하기 위해, 밥벌이를 위해 노동력을 판다. 컴퓨터 화면 앞에서 자판을 두드리고, 회의를 하고, 출장을 가고, 사람을 만나 물건을 팔고, 연장을 들고 땀 흘리고, 회사에 찾아오는 사람들을 맞이하고, 전화로 상담을 하고, 손님에게 고개를 숙이고…. 그렇게 하루 대부분의 시간을, 아침부터 저녁까지 온종일 일을 한다.

누군가에게 기대지 않고 스스로 밥벌이를 한다는 건 자랑스러운 일이다. 그러나 가끔 지겨울 때도 있다. 힘들 때도 있다. 내 몸 하나, 내 시간 하나 마음대로 못하고, 규칙과 규율에 얽매이고, 가족이 아파도, 부모가 퇴근하기를 기다리며 아이들끼리 집에 있어도, 어린이집에 맡겨 놓은 아이가 어찌 지내는지도 모르고, 가족끼리 저녁 한 끼 먹기도 힘들고, 함께 얘기를 나누는 것조차 힘겨울 때는, 내 목에 걸린 저 목줄이 무척이나 원망스럽기도 하다. 시간 빈곤에 시달려야만 하는 이 상황이 참 싫다. 주 52시간 근무를 재계에서 반대했던 것 또한 마뜩지 않다. 그들에게 사람은 노동력, 그 이상도 이하도 아니겠지. 회사의 부속품에 불과한 게지.

밥벌이를 위해 파는 사람의 노동에는 시간이 포함되어 있다는 당연한 사실을 새삼 깨닫는다. 난 그렇게 팔아야 하는 내 시간이 가끔 참 아깝다. 어찌할 수 없긴 하지만 내게 주어진 시간을 조절할 수 있다면 얼마나 좋을까. 얽매인 게 아니라 내 의지로 시간을 배분하고 조율하는, 그런 삶이란 얼마나 부러운가.

온종일 회사에 매여 있는 건 힘겹다. 커다란 기계의 톱니바퀴에 불과하다는 자각은 초라하다. 밥벌이를 위해서는 어쩔 수 없다고 체념하는 건 포기와도 같다. 안분지족(安分知足) 따위는 개나 물어가라지. '어쩔 수 없다', '너만 그런 게 아니라 누구나 그리 산다', '뭘 그렇게 예민하게 구냐' 등등의 말, 거부한다. 노동에 따른 정당한 보수, 노동에 포함된 시간에 대한 정당한 권리, 특정한 조직의 부속품이 아니라 인간으로서 노동할 권리, 놓치지 않으련다. 적어도 자각은 하고 있으련다.

그렇게 온종일 회사에 있으면서, 온종일 회사 탈출을 꿈꾼다. 초라하고 볼품없고 변변찮지만, 그래도 지금으로선 이게 내가 할 수 있는 최선이다. 언제나 이뤄지려나.

답은 없지만, 이거 하나는 알겠다.

아직 체념하긴 이르다는 것.

그래! 탈출, 꿈꾸자.

채워지지 않는 빈자리
상대적이고 경험적인 결핍에 대하여

자신에게 무엇이 없는지 미처 모르고 있다가 문득 그걸 확인하는 순간부터 결핍은 시작된다. 결핍은 상대적이고, 경험적이다. 누군가에겐 결핍이 아닌데, 나에게는 결핍이다. 또 직접이든 간접이든 무언가를 경험하지 않고서는 자신에게 무엇이 결핍되어 있는지를 파악할 수 없다. 나에게 없는 걸 확인하는 순간 결핍은 시작되고, 그 결핍이 채워질 때까지 허기에 시달린다.

뭘 희구하느냐, 뭘 경험했느냐에 따라 다르지만 결핍은 쉽게 채워지지 않는다. 내 것이 아닌 뭔가를 잠깐 경험한 뒤 그걸 소망한다. 잃은 걸 되찾고 싶다며, 한때 내게 있었으나 지금은 없는 걸 희구한다. 남들이 갖고 있는 걸 내가 갖고 있지 못할 때, 남들은 다 하는 것인데 내 삶에서는 빠져 있을 때, 갖고 있을 때는 무한한 행복감을 느꼈으나 잃어버린 후 고통에 시달릴 때, 결핍에 따른 허기는 극에 달한다.

결핍은 상승의 욕망이나 더 나은 삶에 대한 희망을 품고 있지만 한편으로는 쉽게 채워지지 않는 욕망에 시달리는 스스로에 대한 짜증 내지는 분노를 포함한다. 절대 채워지지 않는 무언가를 희망할 때, 그걸 포기하지 못할 때, 결핍은 악몽처럼 삶의 곳곳에 어른거린다. 그리하여 결핍은 결국 지금의 삶에 만족하지 않는다는 말과 같은지도 모른다. 그러기에 사람은 끊임없는 결핍에 시달려야 하는지도 모른다. 과연 이만하면 됐다며 자기 삶에 만족하는 이가 얼마나 될까.

내가 갖고 있는 결핍을 돌아본다. 한없이 여유로운 시간, 스스럼없이 마음을 툭 터놓을 누군가, 일에 얽매이지 않는 삶, 통장 잔고를 확인하지 않아도 되는 돈, 하고 싶은 일을 하면서 돈도 버는 것 등등.

이런, 이리 많았다니. 갑작스레 떠오른 걸 열거한 게 이 정도다. 불만이 많은 건 결코 아닌데, 만족스럽지 않은 삶을 살고 있는 것도 아닌데. 이런 결핍을 안고 살았던가. 포기한 줄 알았는데, 채워지지 않을 거라고 짐작하고 잊은 줄 알았는데, 내 안의 결핍이 이리 생생히 살아있었던가. 이 결핍을 어찌해야 하나. 아득해진다.

결핍은 탐욕의 또 다른 이름일지도 모른다. 동전의 양면처럼 결핍과 탐욕은, 채워지지 않는 걸 채우려는 헛된 욕망의 산물일지도 모른다. 인간의 욕망은 끝이 없다고들 한다. 그걸 탐욕이라 말한다. 탐욕은 잘못된 욕망, 채워도 결코 채워지지 않는 지나친 욕심이라 회자된다. 결핍에 시달리는 자는 탐욕에 빠지기 쉽다. 그러나 욕망과 탐욕은 어떻게 구분될까. 그 구분이 가능할까. 이 역시 상대적인 건 아닐까.

욕망을 부르든, 탐욕을 부르든, 결핍은 채워질 희망이 전혀 보이지 않을 때 아픔이 된다. 채워질 것처럼 보이는 결핍은 소망이나 희망이란 이름으로 치환 가능하다. 그러나 결코 허기를 채우지 못하는 결핍은, 결핍감을 안고 살아가는 사람을 안에서

부터 갉아먹고 헛된 욕망에 시달리다 제풀에 지쳐 쓰러지게도 만든다. 채워지지 않는 희망은, 그 불가능성 때문에 절망과 통한다. 희망고문처럼 쥐어질 듯 쥐어지지 않는 희망은 더 절망적이다.

있다가 없어지는 결핍은 더 힘들다. 원래 없는 것보다 있다가 없어지는 것이 더 힘든 법이다. 사랑하던 사람과의 이별은 상실과 더불어 결핍으로까지 다가오기에 힘들고 아프다. 사랑은, 때로 대체 불가능하기에 더 그렇다. 처음부터 사랑하지 않았으면 이별 후 결핍을 느끼지 않아도 되지만, 어찌 삶이 그리 쉽겠는가.

어디 사랑뿐이겠는가. 온 세상이 내 것만 같았던 시절도, 희망이 넘실대고 불가능한 일이 없을 것만 같았던 결기도, 누구에게나 당당하고 자신 있게 다가서던 태도도, 만면에 웃음이 떠나지 않던 추억도, 시간의 흐름에 따라 점점 사라져갈 때 결핍은 성큼성큼 거침없이 나에게 찾아온다.

그래서 사람들은 결핍을 채우기 위해 또다시 사랑을 찾는지도, 과거의 기억을 떠올리고 자위하며 살아가는지도 모른다. 채워지지 않을 줄 알면서도, 뭔가를 끊임없이 욕망하는 지도 모른다.

채워지지 않는 마음속 빈자리.
결핍은 그리하여 오늘도 나에게 상흔을 남긴다.

결핍

길은 하나가 아니니

갈림길, 두려워말 것

  반추(反芻) 한다. 지나온 길을.

  깨닫는다. 무수한 갈림길이 있었음을.

  갈림길에서 하나의 길을 선택해 가노라면 또 다른 갈림길이 나오고, 그렇게 걷다 보면 또 다른 갈림길이 부챗살처럼 펼쳐져 있었음을.

  그때 이 길이 아닌 저 길을 선택했다면, 지금 내 인생은 얼마나 달라졌을까. 저 길이 아닌 이 길을 선택한 게 과연 잘한 일일까. 저 길을 선택하지 않은 게 천만다행인 걸까. 가보지 못한 길 끝에는 뭐가 있었을까. 지금 이 길 끝에는 뭐가 기다리고 있을까. 또 다른 갈림길만 기다리고 있는 것일까.

  예감한다. 인생은 결국 갈림길의 연속이라는 걸. 갈림길 앞에서 방황하고 주저하고 머뭇거리다 결국 하나의 길을 선택해 걸을 수밖에 없다는 걸. 넘지 못할 장애물이 나타나고 깊은 수렁이 보이기 시작하면 자신의 선택을 사무치게 후회할 거라는 걸. 후회할망정 다시 시간을 돌릴 수는 없기에 어떻게든 걸어갈 수밖에 없다는 걸. 다음 갈림길을 기다리지만 막상 갈림길이 또 나오면 결정은 여전히 어려울 거라는 걸.

  때로 누군가 길을 알려줬으면 좋겠다. 저 길로 가라고. 저 길로 가면 괜찮을 거라고. 나만 믿으라고. 그렇게 주어진 길만을 갔으면 좋겠다. 고민도, 방황도 하지 않은 채 누군가가 가리킨 방향으로만 갔으면 싶을 때도 있다. 그게 편한 것처럼 여겨지기도 한다. 하지만 안다. 그 길을 가는 사람은 결국 나라는 걸. 누가 가리켰든 그 길을 선택한 사람은 나이고, 그에 다른 책임도 내가 져야 한다. 남이 인생을 대신 살아주지 않는 것처럼, 내 길도 남한테 맡길 수는 없다.

그럼에도 불구하고 누군가가 가리킨 길을, 주어진 길을 걸을 때가 있다. 내게 그 길은 대부분 별로 행복하지 않았다. 편한 길이었지만, 내가 원한 길은 아니었다. 길을 걷는 중에도 자꾸 뒤를 돌아보았다. 벌써 지나쳐온 갈림길을 그리워했다. 다시 그 갈림길 앞에 설 수 있기를 바라기도 했다. 허나 한번 지나쳐온 길을 다시 되짚어가기는 힘들었다. 한번 시작한 여정을 멈추는 것도 힘든데 되돌아가기는 더더욱 힘들었다. 되돌아가려면 삶의 많은 부분을 포기해야 했다.

그러다 문득 깨달았다. 주어진 길이든, 내가 선택한 길이든, 난 남들이 걸어간 길, 이미 잘 닦여 있는 길, 잘 닦여 있지 않더라도 '길'이라는 표식이 확실한 길만을 걸어왔다는걸. 객관식 시험을 치르는 것처럼 수많은 '보기' 중에 사람들이 북적이는 길을 '정답'이라 생각하며 선택한 것이다. 길이 끊긴 곳도 없었고, 길이라는 표식조차 없는 밀림이나 사막 한가운데에 표류한 적도 없었다. 누군가 걸어간 길은 언제나 내 앞에 놓여 있었고, 그 길 중 하나만 선택하면 되었다. 그래놓고선 '선택'이 어렵다며 징징댔다. 길을 찾아 헤맬 필요도 없는데 말이다.

갈림길이 나오면 항상 헷갈린다. 이 길과 저 길, 저 너머의 길

중 어느 길로 가야 조금 나은 인생을 살게 될까를 고민하다 보니 그렇다. 그런데 어찌 보면 갈림길이 앞에 나타나는 것은, 길이 여전히 계속되고 있다는 것과 마찬가지다.

운이 좋은 거다, 그건.

살면서 길이 없는 상황에 처할 수도 있음을 이제는 안다. 잘 가고 있는 길이 느닷없이 끊겨 있는 경우도 있음을 안다. 그리고 또 안다. 길이 끊기든, 길 없는 곳에 갑자기 뚝 떨어지든, 밀림이나 사막, 바다 한가운데에 불시착하든, 아직 두 다리가 성하고 기력이 남아 있다면, 걸을 수 있는 동안은 걸을 수밖에 없다는 걸. 새로 길을 낸다는 거창한 목표가 아니라 살아 있는 동안은 살아갈 수밖에 없으니, 걸을 수 있는 동안은 어떤 길이든 걸어야 한다.

걸을 수 있는 동안은 걷는 수밖에. 그러니 어차피 걸어갈 길이라면, 잘못 선택한 길을 되짚어가보기도 하고, 이미 지나쳐 온 갈림길로 돌아가 보기도 하고, 길인지 아닌지 모르는 곳에도 가고 싶으면 발을 내디뎌보기도 하고, 갈림길 앞에서 늘 고민에 휩싸이더라도 두려워하지는 않을 작정이다.

길은 하나가 아니니….
아직 걸을 기력은 남아있으니….

침묵할 때를 안다는 것
침묵을 견뎌야 할 때가 있다

사람들은 침묵을 잘 견디지 못한다.

어떤 이와 단둘이 있을 때, 그렇게 있어야만 할 때 난 보통 할 말이 없으면 잘 하지 않는 편이다. 나에게도, 상대방에게도 별 의미가 없는 말들만 할 것이 자명하기 때문이다. 하지만 상대 방이 말을 걸어오는 것까지 막을 수는 없다. 문제는 그 상대방 이 예의상 혹은 의례적으로 말을 거는 데에서 그치지 않고, 전 혀 관심도 없는 사안에 대한 얘기를 꺼내고, 자기 얘기만 할 때 는, 제발 조용히 좀 하라고, 그냥 벽보고 얘기하라고, 그렇게 말을 끊고 싶다.

같은 공간에 있다는 이유만으로 고문에 가까운 강요를 받는 게 영 마뜩지 않다. 그런 상대방에게 대답하지 않고 침묵으로 일관하려 하지만 그조차 쉽지 않다. 질문을 해대기 때문이다. 침묵하고자 하는 이에게, 침묵하지 말 것을 강요하는 건 아무 리 봐도 폭력이다. 내 의지대로 말을 하지 않을 권리를 빼앗는 강도질이다.

침묵은 견디기 힘들다.

말을 해야 풀릴 일이 있는데도, 말을 하고 싶고 대화를 하고 싶은데도, 상대방이 끝 모를 침묵 속으로 빠져들 때, 나 역시 침묵할 수밖에 없다. 어떤 말을 꺼내도 침묵만이 답인 듯 느껴지기 때문이다. 이럴 때의 침묵은 '말할 의사 없음'을 넘어 '관계의 단절'로까지 치닫는다. 상대방이 침묵 속에서 관계의 지속 여부를 따지고 있을지도 모른다는, 나와의 관계를 재설정하고 있을지도 모른다는, 불길한 예감에 휩싸인다.

침묵은 방어막이자 벽이다.
침묵의 벽은 생각보다 두텁고, 침묵으로 친 방어막은 자기 보호의 한계선이기에 더 날카롭다. 차라리 화를 내고, 불만을 토로하는 게 침묵보다 더 낫다. 화를 내야 할 상황에서 침묵하는 건, 상대방의 마음속에서 뭔가가 툭 끊어졌다는걸, 의미한다고, 나는 생각한다. 어떤 이유에서든 이때의 침묵은 '더 이상 할 말 없음'이다. 너와의 대화가 유쾌하지 않다, 너와의 대화가 힘들다, 너와 말을 섞는 것 자체가 싫다, 더 나아가 너와 대화를 해야 할 의미를 못 찾겠다는, 그런 극단적인 생각까지 하게끔 만드는 게 길고도 두터운 침묵이다.

침묵의 무게는 사람마다 다르다.
평소 말을 많이 하는 이의 침묵은, 평소에도 말을 잘 하지 않는 이의 침묵보다 무겁게 다가온다. 낯익은 이의 낯선 침묵은, 불편하고 경계심을 불러온다. 상대방의 기색을 살피고, 내가 뭘 실수했는지를 살핀다. 그래서 침묵은, 때로 폭력적이기도 하다. 침묵을 의도했든 그렇지 않았든….
견디지 못하고, 견디기 힘든 침묵은, 뭐가 됐든 '원하지 않는 개입'과 '관계의 차단 내지는 단절'이라는 점에서 방어적이고 폭력이다. 하지만 막말과 망언, 아무 말 대잔치로 사람들에게 상처를 주는 것보다는 침묵이 낫다. 딱히 할 말이 없고, 잘 아는 분야도 아니고, 행동이 말을 따라가지 못할 것 같고, 말로 사람을 찌를 것 같으면, 그냥 침묵해야 한다. 그럴 때는, 그냥 닥치고 있는 게 여러 사람, 도와주는 거다.

그래서 난 가끔, 침묵한다. 침묵해야 할 때가 분명 있다.

침묵할 때를 아는 거, 그게 필요하다.

생겨먹은 대로 산다

난 촌놈이다

생전 처음 피자를 먹은 날. 난 느끼하다는 낱말의 뜻을 명확히 깨달을 수 있었다. TV에서나 보던 피자를 우아하게 포크와 나이프를 들고 먹던 때였다. 난 느끼함을 참지 못하고 너무나 당연하게 직원에게 이렇게 요청했다. "김치 좀 주세요!" 그 말을 뱉은 순간의 정적을, 그 말을 듣는 직원의 얼굴을, 내 앞에 있던 친구들이 쳐다보던 시선을, 난 기억한다. 뭐라 형언할 수 없는 황망함이 그 얼굴에 떠올라 있었다.

생전 처음 파스타를 먹은 날. 뭐가 뭔지도 모른 채 호기롭게 오일 파스타를 주문했다. 한 입 먹어보고 알았다. '아, 큰 실수를 했구나.' 앞에 있던 친구에게 촌티를 내비치지 않으려 묵묵히 먹었다. 왜, 이런 걸, 이렇게 비싼 돈을 주고 먹는지 당최 이해할 수 없었다. 식사를 마치고 집에 돌아간 뒤 난 물에 밥을 말아 시어 터진 김치와 함께 먹었다. 그리 맛있을 수가 없었다.

생전 처음 지하철을 탄 날. 마냥 신기했다. 주위 시선도 신경 쓰지 않고 두리번거렸다. 지나치는 사람도, 지하철 승강장도, 지하철 내부도 신기했다. 그러다 어느 순간부터 고개를 숙였다. 김치냄새 때문이었다. 마침 그때 난 친척 집에 갖다 줄, 김치통이 담긴 보자기를 들고 있었다. 냄새가 스멀스멀 올라오는 것만 해도 참을 수 있었다. 하지만 어느 순간부터 보자기가 벌겋게 물들기 시작했다. 날 쳐다보는 주위의 시선이 느껴졌다. 그걸 의식하는 순간 내 얼굴도 보자기처럼 벌겋게 물들어갔다.

난 촌놈이었고, 촌놈이다. 처음 경험하는 것도 많았고, 남들보다 첫 경험이 느린 편이었다. 이색적인 음식이나 장소, 탈것, 즐길 거리, 문화, 공연 등을 다소 늦게 경험했다. 비행기도 서른 가까운 나이에 타봤고, 여권도 그때 처음 만들었다. 뮤지컬이나 연극을 본 것도 20대 후반이었다. 지금도 남들 다 아는 브랜드나 음식, 와인이나 맥주 등의 이름이 낯설다. 더 낯선건, 내 주위의 사람들은 그걸 다 안다는 것이다. 알기만 하는게 아니라 먹어봤거나 가봤거나 타봤거나 했다는 것이다. 그럴 때면, 다시 한 번 깨닫는다.

'아, 난 여전히 촌놈이구나.'

최근 우연찮게 대형 쇼핑몰을 연달아 가봤는데 휘둥그레졌다. 한 여름인데도 그 안은 너무나 시원했다. 찬란한 조명은 그늘 하나 만들지 않았다. 그곳을 거니는 사람들의 거침없으면서도 다소 냉랭한 표정, 화려하고 멋진 옷차림, 길 한 번 헤매지 않는 익숙하면서도 당당한 발걸음을 느끼는 순간 주눅이 들었다.

난 지금도 사람 많은 곳에 가면 위압감을 느낀다. 화려한 곳에 가면 위축된다. 주위를 두리번거리지 않으려 노력한다. 왠지 촌티를 내는 게 창피한 듯해서다. 사투리를 좋아하면서도 표준어에 가까운 말을 구사하려 노력한다. 들키고 싶지 않다, 내가 촌놈이라는걸.

대체, 왜 그럴까? 취향이 계급이기 때문이다. 뭘 즐겨왔고,

촌놈

뭘 누려왔는지에 따라 계급이 갈린다. 어릴 때부터 지극히 당연한 듯 누리는 문화, 시시때때로 드나들던 공간, 남들보다 더 먼저 해보고 더 많이 누려본 경험이 계급을 만든다. 계급까지는 아니더라도 적어도 계층은 나뉜다.

해본 사람과, 안 해본 사람의 간격은 생각보다 넓다. 해본 사람은 뿌듯함을 느끼기도 할 테고, 안 해본 사람은 상대적인 박탈감에 시달릴지도 모른다. 아니 어쩌면 해본 사람은 아무렇지도 않은데 안 해본 사람이 지레 겁을 먹는지도 모르겠다. 뭐가 됐든, 취향은 계급이다. 촌티를 내는 건 하층계급에 속해있다는 걸 증명하는 걸지도, 그래서 숨기려 했는지도 모른다.

그렇게 촌놈임을 자각하고, 위축될 때마다, 한 친구에게 들은 말을 떠올린다. 어느 때부터인가 커피를 즐겨 마시고, 그중에서도 핸드드립 커피를 직접 내려마시게 됐다는 얘기를 듣고, 친구가 이런 말을 했다.

"소주 병나발 불게 생긴 놈이 커피는 무슨…."

그 말을 듣고, 기분이 아주 좋았다. 내가 촌놈임을 깨닫게 해준 것은 물론, 촌놈이어도 괜찮다는 말인 듯해서였다. 그래, 생겨먹은 대로 살아야지. 생긴 대로 사는 게 부끄러운 일도 아닌데 말이다.

난 여전히 촌놈이다.

사전적 의미와는 전혀 다른, 누군가를 낮잡아 부르는 말이 아닌, 그냥 촌놈이다.

어쩌겠는가, 이리 생겨먹은걸.

기대를 접으면 실망도 접힌다
접어야 할 건 일찌감치 접는 게 상책

사각형의 작은 색종이를 접는다. 접고, 접고, 접고. 그러다 보면 학이 나온다. 다시 색종이를 꺼낸다. 또 접는다. 그렇게 천 마리를 접었다. 야간 근무 때 시간을 쪼개서, 지루함을 달래야 해서, 그것밖에 할 게 없어서, 군대에 있을 때 학을 접었다. 그전까지 한 번도 접어본 적 없던 학을 접어 당시 사귀던 사람에게 전했다. '이런 정성을 쏟을 만큼 널 사랑한다.'는 뜻으로. 학을 전해준지 얼마 안 되어 이별 통보가 왔고, 어느 정도 예감했지만 그걸 외면했던 나는, 감정을 질질 흘리며 이별을 거부했다.

그러다 결국 헤어졌다. 그 이후로 학 따위, 안 접는다. 그때 내가 접어야 할 건 학이 아니라 마음이었다. 뜸해지는 연락, 점점 없어지는 대화, 별 내용 없는 편지, 말투에서 느껴지는 거리감. 그때 예감했다. 헤어질 것 같다고.

인정하기 싫었다. 인정할 수 없었다. 누군가와의 이별을 한번도 경험해보지 못한 때였다. 그게 어떤 건지는 몰랐지만, 어마어마한 충격으로 다가오리라는 것 정도는 알고 있었다. 충격을 경험하고 싶지 않았다. 그 상황을 어떻게든 극복하려고 학을 접었다. 감동하리라 생각했다. 이별하지 않으리라 여겼다. 마음을 돌려세울 수 있을 것만 같았다. 그렇게 애먼 학만 접어

접다

댔다. 정작 접어야 할 건 못 접고….

이별은 잠시 늦춰질지언정 반드시 찾아온다. 죽음과 비슷하다. 호흡기를 달고 끊어질 것 같은 생명을 연장해도 사람은 죽기 마련이다. 이별 또한 마찬가지다. 짚신도 짝이 있는지는 잘 모르겠지만, 헤어질 사람과는 반드시 헤어진다는 건 알겠다. 느닷없는 이별도 있지만, 적어도 내가 겪은 이별은 모두 느닷없지는 않았다. 이별은 반드시 신호를 보냈다. 고개를 외로 꼬고 외면했을 뿐, 예감하지 못한 이별은 없었다.

이별을 예감할 때 마음을 접어야 했다. 가닿지 못하는 사랑 따위는 접는 게 상책이다. 이별 후에도 마찬가지. 과거는 과거일 뿐이라는 사실을 깨쳐야 했다. 지금 그 사람은, 날 사랑하던 과거의 그 사람이 아님을 깨달아야 했다. 그런데 그러지 못했다. 미련은 질기게 남아 있었고, 기회만 되면 그 미련을 내보였다. 사랑은 변하는 것임을, 그때는, 또 그 후로도 오랫동안 인정하지 못했다.

과거에 나와 가까웠던, 그래서 기대를 품게 만들었던 그 사람에 대한 기대는 쉬이 접히지 않았다. 기대가 접히지 않으니 실망도 접히지 않았다. 연인 관계일 때 스스럼없이 하던 말과 행동에 대한 아련한 기억 때문에 혹시 하며 기대를 하게 되고, 그 기대가 꺾일 때마다 실망이 자랐다. 실망하지 말아야 할 것에 실망을 하다 보니 좌절감은 더 커졌고, 그와 비례해 미움도 커졌다. 사랑의 끝은, 그래서 좋지 못했다. 갈 곳 잃은 사랑은 미움으로 변했고, 회한으로 남았다.

목적지를 잃은 마음은 접는 게 좋다. 상대방이 원하지 않는 사랑도, 호의도, 관심도, 접는 게 좋다. 경험칙이다. 그런 마음을 접지 못하면 스스로가 힘들고, 쓸데없이 누군가를 미워하게 되고, 상대방에게 부담스러운 존재가 된다.

다른 이가 내가 기대했던 것과 달리 행동했을 때 서운해할 필요 없다. 그에게 난 그 정도의 사람일 뿐이기 때문이다. 누구의 잘못도 아니고 누구의 잘잘못을 따질 필요조차 없다. 그냥, 그런 거다. 그게 다다.

기대를 접으면 실망도, 미움도, 증오도, 접는다.
끈덕지게 남아있던 미련한 감정도, 결국은 접힌다.
그렇다. 그게, 다다.

세상에 주눅 들지 말자
어차피 명확하지 않다면 가끔은 흐릿하게

어릴 때 술은 자랑거리였다. "내가 너보다 더 잘 마셔." 딱 그 수준이었다. 술맛? 몰랐다. 친구들보다 더 많이 마시고 취하지만 않으면 되었다. 술은 승부였다. 다시는 하고 싶지 않은 멍청한 승부.

20대 초반. 술은 이완제였다. 조금 자유로워진 나는 술을 마시고 평소에는 창피해서 절대 하지 못할 짓을 해댔다. 웃고 떠들어댔다. 춤도 추고 노래도 불렀다. 남들 다 보는 데서. 다시 하라면 절대 못할 것 같은, 그러나 장담은 못 하겠는, 그 이후에도 종종 해온, 얼굴이 화끈 달아오르는, 이완을 넘어선 광분.

군대에 있을 때 술은 금기를 범한다는 쾌감이었다. 고참이 되고 밤에 몰래 마시는 술은, 마시는 것 자체만으로 쾌감을 안겨주었다. 내무반에서 술을 마신다는 건, 제대가 얼마 안 남았다는 걸 상징했기에, 쓴 술도 쓰게 느껴지지 않았다. 그런 쾌감은 다시 느끼고 싶지 않다. 왜? 군대를 다시 가야 하니까.

20대 중후반 이후. 술은 일상이었다. 술 마실 이유는 널려 있었다. 날이 좋아서, 날이 좋지 않아서, 빗소리가 좋아서, 눈이 소복이 내려서, 달이 밝아서, 달빛이 은은해서, 날이 너무 더워서, 날이 추워서. 기분이 좋아서, 기분이 좋지 않아서, 흥이 올라서, 문득 외로워서, 사람 냄새가 그리워서, 사람 때문에 화가 나서, 쉽게 맛볼 수 없는 술을 만나서, 술을 부르는 얼큰한 음식을 마주해서, 단지 배가 고파서. 술을 찾았다.

그리고 지금, 술은 도수 맞지 않는 안경이다. 도수가 맞지 않는 안경을 쓰면 세상이 흐릿하게 보이는 것처럼, 취기가 오르면 모든 게 흐릿해진다. 우련해진다. 취기 어린 시선으로 나를 보고, 세상을 보는 게 때로는 필요하다는 걸 절감한다.

삶이라는 게, 세상일이라는 게, 명확해 보이던 때가 있었다. 정의와 불의가, 옳은 일과 옳지 않은 일이, 행복과 불행이, 흑과 백처럼 명확한 것만 같았다. 불의보다는 정의의 편에 서고 싶었다. 나쁘다고, 옳지 않다고 생각하는 일은, 아예 처음부터 하지 않으려 했다. 사람 사이의 관계도 명확한 줄 알았다. '기면 기고, 아니면 아니다'란 생각이었다.

그런데 아니더라. 내가 옳다고 생각했던 일이 누군가에게는 옳지 않은 일이었다. 내가 정의라고 여겼던 상황도, 누군가에게는 불의에 불과했다. 어떤 갈등이 벌어졌을 때 예전에는 옳은 것과 옳지 않은 것과의 싸움이라 여겼지만, 지금은 옳은 것과 옳은 것과의 싸움이라는 걸 깨닫는다. 전선은 불명확했고, 명확하다 여겼던 일들도 혼돈의 상태라는 걸 이제는 안다. 흑과 백으로 구획을 정확히 나누고자 하는 게, 일도양단(一刀兩斷) 하듯 사안을 단순하게 판단하는 게 어쩌면 가장 위험한 일인지도 모른다.

자신을 과하게 신뢰하는 건 위험하다. 나만 옳다는 생각 또한 마찬가지. 삶은 절대적이기보다는 상대적이다. 나를 살피듯 남을 살펴야 하고, 명확해 보이는 사안도 의심해볼 필요도 있다. 그럴 때 좀 더 균형감 있는 판단도 가능해질 테다.

　세상일이 어차피 명확하지 않다면 가끔은 한발 물러서서 흐릿한 시선으로 살펴볼 필요가 있다. 살짝 취해서 보면 내가, 또 세상이, 조금 달라 보인다. 좀 더 너그러워지고, 여유로워지는 걸 느낀다. 무엇보다 취해서 잠시나마 복잡한 일을 잊어버리기도 하고, 취해서 주절거리다 보면 심각해 보였던 일이 별일 아닌 듯 여겨지기도 한다. 때로는 해결의 실마리를 찾기도 한다.

　그렇게 흐릿하고 우련하게 심란한 마음을 이리 살피고, 저리 헤아리다 보면 세상에 주눅 들지 않겠다는 호기도, "그래, 어디 한 번 붙어보자"란 결기도 생긴다. 취해서 사안을 제대로 판단하지 못해서이기도 하겠지만, 그런 호기와 결기는 용기로 바뀌기도 한다.

　세상에 주눅 들지 않겠다는 호기를 품기 위한 촉매제. 어쩌면 이게 취하는 이유인지도, 술을 찾는 이유인지도 모르겠다.

　하지만 술에 취한 상태에서도, 호기와 폭력은, 반드시 구분해야 할 터. 마음이 흐릿해지는 걸 넘어서서 정신줄까지 놓고 주정을 부리면 안 될 일. 취하긴 취하되 곱게 취할 일이다. '술김에'라는 말을 수치스럽게 여겨야 한다. 변명도, 핑계도 되지 못하는 말이기 때문이다. 그렇다. 세상일이 명확하진 않지만, 이건 명확하다!

더 이상 나중을 기다리지 않으련다

결코 오지 않는 나중

"나중에 술 한 잔 하자."
"나중에 밥 한 끼 먹자."

이런 말, 흔히 하고 흔히 듣는다. 하는 이도, 듣는 이도 안다. 나중은 쉽사리 오지 않을 것임을. 이때의 나중은 기회를 만들지는 않되 기회가 되면 만나자는 의미이다. 곱씹어 보면 나중을 얘기하는 서로가 서로에게, 혹은 한쪽이 상대방에게 그다지 중요하지 않은 존재이거나 당장 약속을 잡고 만나야 할 만큼 보고픈 존재가 아니라는 걸 은연중에 내비친다. 뭐 아닐 수도 있지만.

"나중에 연락할게."
"나중에 얘기해."

지금 급한 일이 있으니 나중에 연락하자 하지만 그 나중 역시 쉽사리 오지 않는다. 나중은 거의 항상 오지 않기에 유예라도 되면 다행이다. 보통 나중에 연락이 오지 않는 나중은 '만남이나 대화할 의사 없음', '나중을 기약할 만큼 중요치 않음'에 불과하다. 그것도 아니면 나중을 얘기해놓고 잊어도 될 만큼 거리가 먼 상대이거나 상대방의 심정을 헤아리지 않아도 되는 그런 존재일 터.

'나중에'는 그래서 '다음에'와는 조금 결이 다른 듯하다. 지금이 아닌 미래를 기약한다는 측면에서는 같은 의미지만, 다음이 기대와 기다림을 동반한다면 나중이 그리는 미래는 좀 더 막연하고 거부의 의미가 담겨있는 듯하다.

다음에든 나중에든, 누군가와 미래를 기약할 수 있다는 건 행운인지도 모른다. 나중에든 다음에든 그 미래가 다가오지 않을 것임이 분명한 상황에서 다음과 나중을 얘기하는 건 허망해서 허탈한 일이 될 터. 그래서 나중을 기억하지 못하고 행동으로 옮기지 못할 거라면 아무 말도 안 하는 게 낫다. 미래를 기약하는 어떤 말도 하지 않는 게 좋다.

'나중에'란 말은 대부분 상처로 다가왔다. 행여 별 의미 없이 쓴 것이라 할지라도. 백이면 백, 나중은 가까운 미래에 오지 않기에 더 그렇다. 아니 전혀 오지 않기도 한다. '나중에'란 말은, 상대방이 나를 얼마나 멀리 느끼는지를 나에게 확인시키는 증거가 되기도 한다.

해서 나중이란 말, 이젠 웬만해선 안 쓰고 안 들으련다.

'나중에'란 말에 혹해 헛된 기대와 기다림도 하지 않으련다.

그 기대와 기다림에, 이미, 지쳤다, 난.

그만 팔자, 쪽

쪽팔리게 살고 싶지 않다

어떤 말을 속어라 칭하고, 속어여서 옳지 않은 말로 여기는 게 난 마뜩지 않다. 때로는 속어가 표준어보다 훨씬 더 풍부한 뉘앙스가 느껴져서다.

'쪽팔리다'란 단어도 마찬가지다. 특정한 상황에서는 얼굴을 속되게 이르는 말인 '쪽'이 얼굴보다 훨씬 잘 어울리고, '쪽팔리다'란 표현은 다른 어떤 말로도 대체 불가능한 느낌을 준다.

'쪽팔리다'는 말은, 결이 여러 가지다. 창피하다, 무안하다는 뜻을 갖고 있지만 그것보다 좀 더 쓰임새가 넓다. '쪽팔리다'는 말에는, '창피해서 화가 난다', '무안해서 분노가 치민다'란 말이 숨어 있는 듯하다.

그 화와 분노는 때로는 타인을, 때로는 자기 자신을 향하는데 난 스스로를 향하는 경우가 대부분이다. '쪽팔려'란 말을 내뱉을 때의 기분 상태는, 창피와 무안과는 전혀 다른, 뭔가 욕지기가 섞여 있다. 그래서 창피나 무안보다 폭발력이 세다. 적어도 나는 쪽팔린다는 말을 이렇게 쓰곤 한다.

쪽팔리게 살지 않는 것. 그거 참 힘들다. 매번 느낀다. 지질하지 않게 사는 것도 마찬가지. 쪽팔리지 않으려 하지만 때로 고개를 수그리고, 누군가에게 부탁도 해야 한다. 어쩔 수 없단 핑계로 '쪽 좀 팔지. 내가 뭐 대단한 인간이라고!' 하면서 쪽팔림을 무릅쓰곤 하지만, 그 쪽팔림은 언제나 자신감과 자존감에 생채기를, 때로는 살집이 떨어져 나가는 듯한 상처를 내고, 반드시 상흔을 남긴다.

실직 상태에서 벗어나기 위해 누군가에게 쪽을 판 적이 있다. 절박했다. 그깟 쪽 파는 일에 연연할 상황이 아니었다. 하지만 낯 뜨거움은 어쩔 수 없었다. 취업 자리를 부탁하는 순간, 방법을 좀 알아봐달라고 하는 순간 내 얼굴과 귀는 벌게졌다. 그와 비례해 부탁하는 자와 부탁받는 자의 자리가 절대 동등한 것이 아니라는 걸 확실히 깨달았다. 상대방이 아닌 나에 대한 자괴감 섞인 욕지기는 별책부록처럼 따라왔다.

쪽을 팔고 난 뒤 다짐했다. 다시는, 절대로, 쪽을 팔지 않겠노라고. 그날 밤, 쪽팔려 죽을 지경에 이불킥을 해댔지만 쪽팔린 감정은 사라지지 않고 끈질기게 남아 있었다. 하긴 그런 이불킥으로 사라질 쪽팔림이었다면 애초에 생기지도 않았을 게지.

쪽팔려서 생긴 상처를 지긋이 바라본다. 그 내면의 상처 역시 고작 이런 걸로 쪽이 팔렸다며, 쪽팔려 하는 듯하다. 그러다 문득 그 상처에게조차 쪽팔린다. 상처에게 미안하다. 이래도 저래도 쪽팔려 죽을 지경이다.

쪽팔리게 살고 싶지 않다.

그만, 팔자, 쪽.

힘겨울 땐, 뒤로 한 걸음

물러서는 건 뒷걸음질이 아니니

하루는 쉴 새 없이 흐른다. 붙잡을 수도 없이 흘러가는 하루의 시간. 그 시간이 지나면 또 다른 하루가 오고, 하루가 지나면 또 다른 하루가 온다. 무한 반복일지 모르지만, 끝은 있다. 당연히 오리라 생각하던 하루가 오지 않는다. 아니다. 날은 계속되지만, 그날에 내가 없을 뿐이다. 당연하게도, 내가 이 세상에서 사라지면, 세상은 끝이 난다. 삶의 소멸과 함께 세상은 종말을 맞이한다.

종말을 바라던 날이 있었다. 아마 누구에게나 그런 날이 있었을 거라 여긴다. 세상이 끝난 것 같은, 세상이 끝났으면 하고 바라는, 그런 날이 있다. 세상과 맞서다 무참히 깨진 날이 그랬고, 온통 내 안을 가득 채우던 사랑하던 이가 떠난 날이 그랬다. 나만 빼고 세상 모든 사람이 행복해 보이던 날 또한 그랬고, 그런 불행에 빠진 나를 세상 사람들이 비웃는 것처럼 느껴지던 날이 그랬다.

부끄러운 짓을 하고 몸 둘 바 모르던 날, 실수라 하기에는 너무나 큰 잘못을 저지른 날, 누군가에게 상처를 준 날, 누군가에게 상처를 받은 날, 이 모든 날들이 종말을 바라게 했다. 운수 나쁜 날이라고 치부하고 싶지만 내 안에 새겨진 상흔이 종말과도 같은 날이었음을 증명한다. 이전의 나와는 전혀 다른 내가 되어야 하는, 이전의 나로는 도저히 살아갈 수 없을 것만 같은 날이 있다.

그럴 때면 낯선 자의 시선으로 한동안 살아간다. 아니 그렇게 살아가야 한다. 그런 날도 지나가기 마련이기에, 괜히 애쓰지 않고 한발 뒤로 멀찍이 물러선다. 어쩌면 이게 생존을 위한 본능인지도 모른다. 치열하게 고민하는 것도 필요하겠지만, 때로는 방관하는 게 절실할 때도 있다. 너무 몰두하다 보면 미궁으로 빠지기 때문이다.

그렇게 뒤로 한발 물러서면 보인다. 종말을 바라고, 종말과도 같은 날이지만, 삶은 계속되리라는걸. 잊지 못할 것 같지만, 어느덧 잊게 되리라는걸. 나에게는 잊지 못할 날이지만, 누군가에게는 지극히 평범한 날이라는걸. 그들에겐 별다를 바 없는 날 중에 하나일 뿐이라는걸. 마냥 아프고 힘겹게만 기억되지 않으리라는걸.

그러다 지금 이 시간에도 오늘 하루를 힘겹게 살아가고 있는 이들의 삶을 상상한다. 이 날, 누군가는 모진 삶을 계속 이어가야 하나 고민에 휩싸이기도 할 테고, 누군가는 죽음을 향해 뚜벅뚜벅 걸어갔는지도 모른다. 또 하루가 어찌 흘러가는지 모른 채 바쁘게만 뛰어다닌 게 너무 억울한 날이고, 걱정 때문에 한숨으로만 가득 채워진 날이다. 생목숨이 모질게 사라진 날이고, 누군가가 천연덕스럽게 그 죽음을 매도해 분노에 치를 떠는 날이다. 누군가와의 이별이 믿기지 않아 허망한 속울음을 삼킨 날이고, 힘들어도 힘들다는 얘기를 할 수 없어 비참한 날이다. 여기서 치이고, 저기서 치여 대체 어찌 살아야 하는지 절망한 날이고, 왜 나만 이리 힘든 건지 야속한 날이다.

오늘 하루는, 누군가에게는 기쁘고 즐거운 날이고, 누군가에게는 다른 날과 별다를 바 없는 평범한 하루지만, 누군가에게는 참으로 힘겨운 날이라는 걸 안다. 그들에겐 오늘이 잊지 못할 날인지도 모르고, 어서 잊고 싶은 날인지도 모른다. 또 결코 잊어서는 안 되는 날인지도 모른다.

시간은 때로 상대적이다. 시간의 흐름은 누구에게나 동일하고 절대적이지만, 그 시간의 흐름을 느끼는 건 사람마다, 처한 상황마다 다르다. 힘든 날은, 시간 또한 느리게 흐른다. 어서 이 하루가 지났으면 하지만, 야속하게도 참 더디 흐른다. 하루가 길기만 하다. 그럴 때는 멀찍이 뒤로 물러서는 것 외에는 다른 방법이 없다. 낯설게 봐야 한다. 힘듦에 함몰되지 않으려면, 힘겨워 극단적인 선택을 하지 않으려면, 물러설 줄 알아야 한다. 그래야 숨이라도 쉬어진다.

그래.
힘겨울 땐, 뒤로 한 걸음.
물러서는 건 뒷걸음치는 것과는 다르니….

물러서다

3장 _ 어깨 겯고 붙어보자

나는 바란다.
나를 까칠하게 만드는 사람과 상황 앞에서 사는 동안
계속 까칠할 수 있기를.
작은 것에도 큰 것에도 부당하다 싶으면 분노할 수 있기를.
사람이 물건처럼 '다루는 것'이 아님을
분명하게 주지시키기를.
누군가에게 잘못을 저질러놓고,
피해자를 매도시키는 일을 관망만 하지 않기를.
권력으로 찍어 누르는 자에게 종주먹을 흔들고
더 해보라며 머리를 들이밀 수 있기를.

그런 까칠함을 갖고 살아가기를.

까칠해야 할 땐 까칠해지자.

까칠해야 할 땐 까칠하자

그래야 후회가 없다

오래간만에 상사랑 언쟁을 벌였다. 내 딴에는 언쟁이지만 그 상사에게는 개기는 걸로 보였을 수도 있다. 워낙 말을 툭툭 내뱉는 성격이라 오해를 받긴 하지만 그렇다고 아주 까칠하고 까탈스러운 성격도 못된다. 조금 예민하긴 하지만.

상사와 언쟁을 벌이기 전 난 조금 멍하니 있었다. 회의 시간이었고, 변함없이 상사의 말로 시작해서 상사의 말로 끝날 것을 알았기에, 한마디 말도 보태고 싶지 않았다. 그런데 멍한 와중에도 귀는 막을 수 없어 상사의 말이 귀에 들어왔고, 조금씩 그 말이 거슬리기 시작했다. 존댓말과 부드러운 말씨 안에 책망과 무시의 말들이 담겨 있었다.

침묵하고 있었다. 언짢았지만 말을 보태서 대화-이런 말의 주고받음도 대화라고 해야 하는지 모르지만-를 길게 끌고 싶지 않았다. 평소와 다름없이 침묵하고 있는데 느닷없이 의견을 물어왔다. 두루뭉술한 말로 대답하거나 별 할 말 없다는 의사를 표현할 수도 있었는데, 그날은 마음속에서 뭔가 '욱'했다. 기회가 왔다고 생각했을까? 아니다. 그런 생각조차 하지 못하고 말부터 흘러나왔다. '그게 아니다'란 말이 내 입에서 발화되는 순간 걷잡을 수 없었다. 한번 터진 입은, 거침없는 말들로 가득 채워졌다.

까칠하다

말을 하면서 알았다. 공기가 무거워진걸. 그 상사는 내 말을 듣더니 내가 잘못 이해하고 있음을 주지시켰다. 허나 난 내가 느낀 대로 말을 했을 뿐이었다. 단지 그 말이 '욱'해서 나왔기에 조금 날카로웠을 뿐. 나름 수위 조절을 하는 듯했으나 말이 끝났을 때 그 상사의 얼굴은 벌겋게 달아올라 있었다. 서둘러 대화-이게 대화인지는 아직도 모르겠다-를 마치고 자리로 돌아온 뒤 후회와 함께 후련한 감정이 찾아오는 걸 느꼈다.

회의가 끝난 뒤 상사가 자리를 비운 틈을 타 동료들에게 물었다. 내가 심했냐고. 동료들은 '할 말 했다'는 반응이었다. 나 역시 할 말을 했다고 생각했다. 의사를 분명히 전달했고, 이를 통해 업무를 하는데 있어서 다른 방향도 있음을 주지시켰으면 했다. 하지만 안다. 그 상사는 내 의견을 '다른 의견'으로 받아들이지 않고, 나를 '다루기 힘든 부하 직원'으로, '까칠하고 까탈스럽고 까다로운 직원'으로 생각하고 말 것이라는걸. 일을 하는 직장 내에서 일을 위한 의견을 낸 것이 아니라 자신의 권위에 반항하는 것으로 받아들이리라는걸.

본래 까칠한 인간은 아닌데 가끔 까칠한 인간으로 만드는 사람과 상황이 있다. 농담이랍시고 언어폭력과 성희롱 발언을 일삼는 이들 앞에서 난 까칠해진다. 매사에 가르치려고 하고, 누군가를 굴복시켜야 한다고 믿는 이 앞에서 까칠해진다. 관행이라는 이름으로 자행되는, 아주 소소한 비리에 동참하라고 할 때 까칠해진다. 그런 이들과 관행에 무릎 꿇고, 생각 없이 따를 때 스스로에게 까칠해지고 쪽팔린다. 까칠해야 할 때 까칠하지 못할 때 내 비겁함이 부끄러워 죽을 지경이 되고, 후회로 남는다.

　나는 바란다. 나를 까칠하게 만드는 사람과 상황 앞에서 사는 동안 계속 까칠할 수 있기를. 작은 것에도 큰 것에도 부당하다 싶으면 분노할 수 있기를. 사람이 물건처럼 '다루는 것'이 아님을 분명하게 주지시키기를. 누군가에게 잘못을 저질러놓고, 피해자를 매도시키는 일을 관망만 하지 않기를. 권력으로 찍어 누르는 자에게 종주먹을 흔들고 더 해보라며 머리를 들이밀 수 있기를. 그런 까칠함을 갖고 살아가기를.

　까칠해야 할 땐 까칠해지자.

그깟 호의 안 받고 말지!

과시가 섞인 호의, 거절한다

덥석 받으면 염치없다 그러고, 거절하면 버릇없다 그러고, 사양하면 괜찮다고 그러고.

'친절한 마음씨, 또는 좋게 생각하여 주는 마음'이란 뜻을 가진 호의(好意)는 그렇지 않아도 쉽지 않은 인간관계를 더 복잡하게 만드는 오묘한 힘이 있다. 베푸는 쪽과 받는 쪽에 권력에 따른 상하관계가 생기고, 호의를 받든 안 받든 주려는 사람이 묘한 도덕적 우위를 점한다. 거절하기 쉽지 않은 만큼 받기도 저어된다.

살면서 호의, 여러 번 받아봤다. 받을 때마다 송구했고, 그만큼 불편했다. 부탁하지도 않았는데 호의를 베푸는 건 상황에 따라 고마운 일이기도 했지만 처량한 신세를 들킨 것 같아 부끄럽기도 했다. 원치 않는 호의를 베푼답시고 자기 마음대로 상황을 꼬이게 만들어 화가 난 적도 있지만, 아무 소리 못하고 웃음 지었다. 호의였으니까,라면서 말이다. 그게 받는 사람을 약자로 만드는 호의의 속성이다.

호의를 베푸는 데서 그치지 않고 나에게 뭔가를 바랄 때는 황망했다. 그깟 호의 안 받으려 했지만, 나중에 보면 안 받으면 또 안 받는다고 수군댔다. '제가 뭐라고, 기껏 생각해주니, 감히 거절해!'라는 말이 들려오는 듯했다.

그렇다고 덥석 받으면, '봐봐, 너도 별 수 없지'란 속말이 들리는 듯했다. '흠, 아무래도 난 비뚤어진 인간인 건가' 하는 약간의 반성 섞인 의문이 들다가도 그동안 받은 호의가 그냥 호의가 아니었구나 싶은 생각에 삐뚤어지는 것도 나쁘지 않겠구나 하는 생각마저 든다.

호의의 주도권은 주는 쪽에 있다. 권력이 생긴다. 그런데도 주는 사람은 '권력관계'에 둔감하고 무감하다. 그냥 여유가 있어서 좋은 마음을 나눠주려는 것뿐이라고 생각한다. 딱 그 정도에서 끝나면 좋다. 주는 쪽도 대가를 바라지 않을뿐더러 거절했다고 불편해하지 않으면, 애써 생각해준 호의에 고마워할 수 있다.

문제는 거기서 그치지 않는 호의다. 호의를 가장한 참견이나 훈수, 충고나 조언, 책임지지도 못할 거면서 무턱대고 책임을 지겠다는 충동적인 태도 혹은 동정이다. 그런 호의는 안 받느니만 못하다. 그건 호의가 아니라 자기 과시에 불과하기 때문이다.

하여, 곰곰이 생각해봐야 할 것이다.
내가 주고 받는 게 과연 호의인지,
자기 과시인지,
아니면 충동에 휩싸인 동정인지….

어깨 겯고 붙어보자!
편 가르기를 일삼는 이들에게 전한다

　일본 만화가 아다치 미츠루의 『H2』란 만화에 이런 에피소드가 나온다. 주인공인 히로의 팀이 갑자원에서 천재적인 투수가 있는 팀을 만나 고전한다. 그런데 어찌된 일인지 이 투수는 어렵사리 1루에 주자가 나가자 당황하기 시작했고 폭투를 반복해 결국 지게 된다. 알고 보니 뒤에 상대편이 있다는 걸 극도로 견디지 못했던 것. 그때 그 팀의 감독이 말한다. 뒤에 적보다 우리 편이 더 많다는 걸 믿으면 극복할 수 있을 거라고 .

　적은 도드라져 보이기도 하지만 숨어 있기도 하다. 아군인 척 다가오는 사람 중에도 적이 있다. 뒤에서 험담하고 모략을 일삼는 이들이 어느 조직에나 있기 마련이다. 그럴 때면 별 잘못도 하지 않은 나에게 왜 이러나 싶기도 하지만 이미 나에게 편견을 갖고 있는 이의 마음을 돌려세우는 건 거의 불가능하다.

　사방이 적인 것 같은 상황에서 사람은 숨쉬기조차 힘든 압박을 느낀다. 사람이 무섭다는 건 이럴 때 확실히 알게 된다. 더구나 집단적으로 한 사람을 궁지로 몰아넣는 상황에까지 이르면 피해자가 오히려 자책하며 스스로를 갉아먹기도 한다.

　그러다 문득 깨닫는다. 적은 도드라져 보이기도 하고 숨어있기도 하고 내 편인 척 가장하기도 하지만 진정 내 편은 묵묵히 내 뒤를 받치고 있다는 것을. 비록 그 존재가 잘 드러나진 않지만 문득문득 내 편이 있음을 확인한다.

편을 가르고 나누는 것, 그것은 내 의지와는 상관없이 이뤄지곤 했다. 줄 서기에 능한 인간도 아니고 누군가와 불편하게 지내는 것을 못 견뎌했기 때문이다. 그런데 어느 순간 누군가로부터 편 가르기가 시작되고 곧이어 편에 따른 흑백논리가 사람 됨됨이보다 앞서게 된다. 아득하지만 굳이 난 특정한 어떤 편이 아니라고 강변하지도, 또 오해라며 설득하지도, 누구에게나 잘 보이려 노력하지는 않는다. 어차피 모든 사람에게 잘 보일 수도 없고 그럴 필요도 없다는 걸 알기 때문이다.

그럴 때 난 다만 묵묵히 내 할 일을 한다. 대신 나를 적으로 돌려세운 이들을 대할 때는 임전태세를 갖춘다. 언제 훅이 들어올지 모르기에 선제공격은 하지 않더라도 맞받아칠 각오는 항상 하고 있다. 그리고 묵묵히 날 응원해주는 존재가 있음을 깨달을 때면 속으로 감사를 표한다.

적이 분노라는 감정으로 날 버티게 해주는 이라면 내 편은 내가 잘못되지 않았음을 확인시켜주는 징표이기에 날 올곧게 세워준다.

편 가르고 나누는 짓을 일삼고 특별한 이유 없이 누군가를 매장하려고 세치 혀로 폭력을 일삼는 이들도 존재하지만, 그 짓거리를 한눈에 알아채고 내 편이 되어주는 존재도 있다. 그 존재가 내 곁에 있고 나 또한 누군가에게 그런 존재가 되고 있음을 믿어 의심치 않는다.

그렇게 어깨 걸고 붙어보자!

편

뻔뻔한 사람이 너무 많다

빌어먹을

저 속이 궁금하다.

거짓을 말하는 저 입안이 궁금하다. 저 이에게 양심이 있을까. 부끄러움을 알까. 부끄러워한 적이 있을까. 대체 속에 뭐가 들었기에 저리 뻔뻔할까. 어떤 사고 회로를 작동시켰기에 거짓말을 그토록 당당하게, 아무렇지도 않게 해대는 걸까. 대체 그 메커니즘은 어떻게 작동하는 걸까.

저 목이 궁금하다.

잘못했는데도 고개 한 번 까딱하지 않는 저 목이 궁금하다. 고개 숙여 본 적이 있을까. 강자에게 말고 약자에게. 자신이 큰 상처를 준 누군가에게 진심을 담은 사과를 한 적이 있을까. 아무런 이해득실도 따지지 않고, 그냥 잘못해서 고개 숙여 본 적 있을까.

저 말이 궁금하다.

미안하다, 사과한다, 잘못했다, 죄송하다가 아닌 송구하다, 불찰이다, 면목없다, 관행이다, 책임질 일 있으면 책임지겠다 등등을 사과랍시고 내뱉는 저 말이 궁금하다. 저 말에 담긴 뜻을 알고서 사과라고 하는 걸까. 아니 어쩌면 저 말뜻을 너무나 잘 알고 하는지도 모르겠다. 사과할 마음이 전혀 없는데 저따위 말들로 두루뭉술하게 넘어가기 위해서.

부끄러움이, 염치가, 수치가 드문 감정이 된 세상에 살고 있는 듯하다.

뻔뻔함이, 몰염치가, 파렴치가, 후안무치가 득세하는 것만 같다. 뻔뻔한 게 당당함으로 변태하는 듯하다. 구린 게 있으면서도, 온 세상이 다 알고 있는 비위나 비리를 저질렀음에도 뻔뻔하게 손바닥으로 해를 가리려 한다.

갖가지 핑계를 대며, 손가락에 장을 지지겠다는 허언을 내뱉으며, 다른 사안을 끌어들여 물타기를 하며, 애먼 사람을 끌어들이며, 자신이 잘못하지 않았다고 강변한다. 뻔뻔하기 그지없다. 참을 수 없는 그 인간의 뻔뻔함에 기가 질린다.

낯 두껍기 그지없는, 뻔뻔하다 못해 추한 그들을 보며 분노한다.

그러다 문득 그 뻔뻔함이 그들의 생존전략이자 생존방식이고 생존을 위한 유일하고도 막강한 힘임을 깨닫는다. 뻔뻔함은 망각과 쉽사리 짝을 짓는다. 망각이 저들의 보호막이다. 뻔뻔할 수 있는 것도 망각을 믿기 때문이다.

뻔뻔한 이들에게 저항하고 대항하는 가장 큰 무기는 잊지 않고 기억하는 것, 끈질기게 그들의 뻔뻔함을 물고 늘어지는 것, 뻔뻔함을 기록하는 것이다.

뻔뻔함에 기죽지 않고 망각하지 않고 칼을 들이대야 한다.

뻔뻔하다

부끄러움을 모르는 **뻔뻔한** 사람에게는 그게 답이다.

하, 그런데 **뻔뻔한** 사람이 너무 많다.

눈치 보게 하는 것도 권력이야!

찝찝할 땐 물어보자, 불만 있냐고

신경이 쓰인다. 나를 대하는 태도가 전과 다르다. 인사도 잘 안 받고, 데면데면하다. 켕기는 게 없는데 이상하게 눈치가 보인다.

뭐지? 내 입에서 냄새가 나나 싶게 상대방이 자꾸만 고개를 돌리고 코를 그러쥐는 행동을 보이는 듯한 이 황망한 찝찝함과 초조감은….

하여, 물었다. 불만 있냐고.

그런 거 없단다.

문답은 과거완료형. 찝찝함은 현재진행형.

'좋다'와 '싫다' 사이에는 '좋아하지 않는다'와 '싫어하지 않는다'가 있다. '관심 없다'도 있다. 사람과 함께 지내는 이상, 이런 감정들이 생긴다. 대략 '5지 선다'다. 상대방이 나에 대해 느끼는 감정도 크게 다르지 않을 것이다.

'좋다'와 '싫다', '관심없다'는 대응방법이 분명하다. 눈에는 눈, 이에는 이다. 별 이유 없이 그게 답이다.

'좋아하지 않는다'와 '싫어하지 않는다'는 모호하다. '좋다'와 '싫다' 사이에 애매하게 걸쳐 있는 이 감정을 보이는 사람에게는 어찌 대응해야 할지 아리송하다. 그러니 눈치를 보는 걸 테지. 눈치로 대변되는 권력관계가 생긴 거겠지.

눈치

은희경의 소설 『소년을 위로해줘』에 나오는 이 말처럼 말이다.

"어떤 사람이 나를 안 좋아하는 것 같으면 그 사람을 겁내게 돼. 나에 대한 무슨 권력 같은 게 그 사람한테 생기는 거야. 말이 되니? 근데 그런 게 있긴 있거든."*

겁까지 내지는 않았지만, 어딜 가나 눈치 보게 하는 사람 꼭 있었다. '두루뭉술'에 '어중간'하고 확실하고 분명치 않으면서도 이상하게 사람을 불편하게 만드는…. 그렇게 눈치를 보게 하는 것만으로도 권력이 생겨버리는 이상한 경험을 종종 한다.

그럴 때는 물어봐야 한다. 불만 있냐고. 왜 그러냐고.

경험칙이다. 태도가 바뀐 적도 있고, 바뀌지 않은 적도 있지만, 일단 묻는 것 자체가 '너 때문에 불편하다'는 의사를 표시한 게 된다. 묻고 나면 대응방법이 나오고 뭔가 좀 훌훌하고 홀가분하다. 더 이상 신경 안 쓴다.

찝찝하긴 하지만 그렇다고 내가 뭘 더 어찌할 수도 없으니까.

그렇게 속으로 딱 한 마디만 하고 접는다.

"됐다!"

---

* 은희경, 「소년을 위로해줘」 (문학동네, 2010), 186쪽.

삶은 시소가 아니다

이제 그만 내려오자

김금희의 소설 『경애의 마음』에 이런 구절이 있다.

"누구를 인정하기 위해서 자신을 깎아내릴 필요는 없어. 사는 건 시소의 문제가 아니라 그네의 문제 같은 거니까. 각자 발을 굴러서 그냥 최대로 공중을 느끼다가 시간이 지나면 서서히 내려오는 거야. 서로가 서로의 옆에서 그저 각자의 그네를 밀어내는 거야."*

대충 알겠다. 그런데 쉽지 않다. 비교 덕분에 자신감을 얻고 비교 때문에 열등감에 시달린다. 상승과 추락의 오르내림을 반복한다. 죽는 날까지 오르내림만 반복할까 두렵다. 그보다 더 두려운 건 남으로부터 인정받기 위해 자꾸 타인을 깎아내리려 하는 태도다. 사실 이게 더 걱정이다. 행여 내가 그럴까 봐.

타인을 깎아내리는 사람을 흔하게 본다. 그들은 '걔가 뭘 알아? 걔가 전에 어땠는지 알아?'란 식으로 대놓고 말하기도 하고 '사람은 좋은데, 업무는 좀…'이라거나 '글쎄요, 과연 그럴까요?'란 식으로 교묘하게 험담을 늘어놓기도 한다. 타인에 대한 인색한 평가에서 그치는 게 아니라 타인을 깎아내림으로써 자신을 추어올리는, 분명한 목적이 느껴진다.

나에 대해 누군가가 험담을 했다는 사실을 알면, 정도에 따

---

*   김금희, 「경애의 마음」(창비, 2018), 27쪽.

라 다르겠지만 우선은 고개를 갸웃한다. '내가 뭘 잘못했나'의 갸웃이 아닌, '내가 지한테 피해 준 적이 없는데', '내가 경쟁상대인가?'란 의미의 갸웃거림이다. 잘못한 일은 사과하면 되는데, 이유 없이 험담을 들었을 때는 어찌해야 할지 모르겠다. 무시하려 하지만 뒷맛이 영 개운치 않다.

누군가 느닷없이 시소에 올려놓고 누가 더 높이 오르나 하면서 입방아를 찧고 있는 듯해서다. 그럴 땐 시소에서 내려오는 게 상책이다. 어차피 의미 없는 오르내림만 반복하는 시소는 어릴 때부터 별 재미를 느끼지 못했던 놀이 아니었던가.

하나가 내려가면, 다른 하나는 반드시 올라가는, 몸무게와 중력의 법칙이 고스란히 적용되는 반복된 상하의 움직임. 그것도 서로의 얼굴을 마주 봐야 했기에 재미없다는 걸 들키기 싫어 표정관리까지 강요받았던 놀이. 시소놀이가 강제되는 때가 있다. 그럴 때 삶은 초라하다 못해 비루해진다.

누군가 시소를 태우면, 어릴 때 그랬던 것처럼 그냥 내려서 집에 가는 게 좋다. 계속 놀자고 어르고 졸라도, 하다못해 그네라도 같이 타자고 해도 말이다.

재미없는 놀이를 계속해야 할 만큼 시간이 남아도는 것도 아니고, 재미없는 사람과 계속 놀 만큼 성정이 너그러운 것도 아니니….

무엇보다 인간의 행복이 최우선
원래 그런 건 없다

"묻지도 따지지도 말고 그냥 지켜."

이런 식이었다. '할 수 있는 일'과 '해서는 안 되는 일'이 명확히 구분 지어져 있었다. 하지 말란 걸 하면 징계가 내려졌다. 이유는 없었다. '원래 그래'란 말이 주로 붙었다. 관습이고 관행이라 했다. 그냥 지키라고, 하라는 대로 하라고, 안 하면 안 된다고…. 명령조였다.

절대 이해할 수 없는 규범과 규칙이 있었다. 어떻게 생겨난 건지, 왜 지켜야 하는지도 모르는데도 윤리와 규범, 규칙은 자가발전하듯 끊임없이 증식했다. 확장되고 심화되었다. 거기에 '왜'라는 질문을 넣는 건 불경스러운 일이었다. 관습과 관행에 따른 규범과 윤리는 신성불가침의 영역처럼 여겨졌다. 뭘 위한, 누굴 위한 규범인지는 논외였다. 오로지 지키느냐 지키지 않느냐만 따졌다.

어른의 말에 토 달면 안 되고, 학교에서 머리 길이는 3cm를 넘기면 안 되고, 머리가 길면 잘리고, 추운 겨울에도 교복 위에 패딩 점퍼를 입으면 안 되고, 만약 점퍼를 입고 학교에 오면 옷을 뺏기고, 느닷없이 학생 가방을 뒤지고, 잘못했으면 맞는 것도 감수해야 하고, 치마가 짧다는 이유로 밥도 못 먹게 하고….

출근 시간은 반드시 지키되 '칼퇴근'은 웬만하면 해서는 안 되고, 법에 규정되어 있는데도 열악한 노동 현장의 개선을 요구해선 안 되고, 일하다 다쳤는데 산재 처리하면 안 되고, 아무리 위험한 일을 해도 비정규직에 대한 차별은 당연한 거고, 법적으로 정해져 있는 휴가도 당당히 쓰면 안 되고, 쓸모없는 인간이 되어선 안 되고, 기타 등등, 기타 등등, 빌어먹을 기타 등등….

규범이든 관습이든 관행이든, 그것이 뭐라 불리든 인간의 삶을 통제하는 규칙에서 인간의 행복은 논의 대상이 아니었다. 왜 머리를 짧게 잘라야 하는 건지, 날씨가 추운데도 패딩 점퍼를 입으면 안 되는 건지, 노동시간 엄수를 그리 중요하게 여기는데 제시간보다 늦게 퇴근하는 걸 당연하게 생각하는 건지, 자기 의사를 표명하는 게 인간인데 왜 어른 말에 토 달면 말대답이라 하는지, 쓸모가 있고 없고를 어떻게 판단하기에 쓸모없는 인간이 되어선 안 된다고 하는 건지….

이런 질문은 생략해야 했다. 오로지 규범만이 중요했고, 그 규범이 옳은가 옳지 않은가란 문제는 제기해서도 안 되었다. 그냥 지키라고만 해댔다. 규범은 인간을 그렇게 도구화시켰다. 인간을 하나의 존재로 인정하지 않고 거대한 조직의 부속품으로 전락시켰다.

거기에 그치지 않고 규범은 세심하고 디테일하기까지 했다. 하나의 규범이 또 하나의 규범을 낳았고, 규범을 어긴 건지 그렇지 않은 건지 애매한 상황에 처할 때마다 새로운 규범이 생겨났다. 그 규범의 목적은 단 하나였다. 인간에 대한 통제.

버트란드 러셀은 "(윤리) 규범이 좋은가 나쁜가 하는 문제는 그것이 인간의 행복을 증진시키느냐 않느냐 하는 문제와 같다."라고 말했다.* 이 말처럼 모든 규범의 좋고 나쁨은 인간의 행복을 증진시키느냐 저해시키느냐에 달려 있다.

만약 인간에 대한 존중이 결여된 규범이라면, 그건 구습이자 적폐에 불과하고, 다른 인간을 통제하고 억압하려는 권력에 다름 아니다. 규범은 사회를 구성하고, 다른 인간과 함께 살아가야 하는, 질서이기에 필요하긴 하지만, 질서보다 우선되어야 하는 게 인간의 행복이다. 그게, 무엇보다 중요하다.

*　　　버트란드 러셀, 이재황 역, <우리의 성(性) 도덕>, 「종교는 필요한가(Why I am Not a Christian)」(범우사, 1987), 156쪽.

최우선

겸손하지 않은 도덕은 폭력

'옳다'는 확신이 불러온 참상

난 종교가 없다. 믿는 신이 없다. 곰곰이 생각해본다. 왜 없을까. 몇 가지 이유가 떠오른다.

첫째 종교가 바라보는 인간과 인간의 삶에 대한 비하가 마음에 안 들어서다. 인간은 태어날 때부터 창조주의 명을 거역한 죄인이라는, 그래서 구원받기 위해선 자신이 죄인임을 자복하고 오로지 신에 대한 믿음을 가져야 한다고 하는 교리가 영 못마땅해서다. 또 다른 종교에서는 이 세상과 인간의 삶을 고통이라고 규정한다. 고통뿐인 삶에서 벗어나기 위해 덕을 쌓고 해탈의 과정을 거쳐 윤회의 쳇바퀴에서 탈출해야 한다면서 말이다.

이런 교리는 인간과 인간의 삶을 하찮은 것으로 만든다. 인간은 죄인, 삶은 고통이라는 도식은, 곧 이 세상에서의 삶을 '신'이나 '내세'를 위해 존재하는 종속적인 것으로 만든다. 인간이 스스로를 존엄한 존재로 여기기보다는 신 앞에 무력한, 아니 무력해야만 하는 존재로 규정짓기 때문이다.

둘째는 내세로 인간을 겁박한다는 데 있다. 죄의 무게에 따라 참으로 치밀하게 구조화된 지옥을 묘사한 교리를 살펴보면 이렇게까지 해야 하나 싶다. 거기엔 인간 세상에서 살면서 저지르지 말아야 할 비윤리적이고 비도덕적인 죄도 있지만 단지

신을 믿지 않았다는 불신이 큰 죄가 되기도 한다.

천국과 지옥으로 나뉘어 그려지는 내세는, 한편으로는 인과응보(因果應報)로 대리만족을 주기도 하나 실상은 내세에서의 처벌에 대한 공포로 부조리한 현실을 유지시키는 강력한 기제가 된다. 내세에 저당 잡힌 현세에서의 삶에 아무런 불만을 제기하지 말 것을 강요하는 것과 같다.

지옥에 사는 신과 대척점에 있다고 여겨지는 악마를, 현실로 불러내어 마녀사냥을 벌이기도 한다. 마녀라는, 악마라는, 이단이라는, 낙인을 찍어 그들을 단죄하는 걸 정당한 것으로 둔갑시킨다. 실제로는 인간 사냥이고 학살이고 살인인데도 말이다. 살인을, 저지르지 말아야 할 죄로 규정해놓고도 '악'은 처단하고, 궤멸시킬 수 있다는 그 모순을 종교는 전혀 이상하게 여기지 않는다. '옳음'에 대한 확신이 불러온 참상이다.

셋째는 신을 믿지 않는 이유로 누군가에게 동정을 받거나 옳지 않다는 비난의 시선은 물론 신을 믿으라고 강요하는 게 싫어서다. 마치 옳은 길로 인도하겠다는 듯 신을 믿는 자들은 신을 믿지 않는 자에게 틈날 때마다 종교를 가질 것을 종용한다. 때로 꾸짖기도 한다. 그 과정에서 인간의 자유의지는 어리석음으로 둔갑되고, 신을 믿지 않는 인간은 불신의 늪에 빠진 가련한 존재가 되고 만다.

난 종교가 종종 인간을 억압하는 수단이 된다고 생각한다. 불편한 게 사실이다. 물론 종교를 가진 이들의 믿음과 권리는 존중한다. 그들의 믿음에 대해 왈가왈부할 수도 없고, 그럴 필요도 못 느낀다. 그건 존중받아 마땅한 권리이자 자유이기 때

폭력

문이다. 타인의 생각과 표현의 자유를 침해할 수 없다.

다만 종교의 자유를 존중하는 만큼 종교가 없다는 걸 존중받길 원한다. 아울러 느닷없이 이 세상에 태어난 것도 억울한데, 인간으로 태어났다는 이유로 죄인이 되는 건, 또 희로애락 등 삶의 다양한 양상이 있는데도 삶을 고통으로 규정짓고 거기에서 탈출하라 말하는 것도 마뜩지 않다.

난 그걸, 신성모독(神聖冒瀆)에 버금가는, 인성모독(人聖冒瀆)이라 칭한다. 신성모독을 죄라 여기고, 인성모독을 당연시할 때 종교는 개인의 자유를 억압하는 가장 강력한 권력이 된다.

어디 종교뿐이겠는가. 도덕이든, 윤리든, 규범이든, 규정이든, 그게 무엇이든 간에 '옳다'는 확신은 다른 이를 내려다보게 하고, '옳지 못한 자'를 향한 폭력을 정당화한다.

"겸손하지 않은 도덕은 그 자체가 폭력이다."*
황현산의 말처럼.

---

* 황현산, 「밤이 선생이다」(난다, 2013), 233쪽.

117

오늘도 나는 분노한다

켜켜이 쌓아둔다

격분(激憤), 분개(憤慨), 울분(鬱憤), 진노(震怒), 의분(義憤), 격노(激怒), 화(火), 성(怒).

마음이 언짢아서 불쾌하고 뜨거운 감정을 밖으로 드러낸다는 뜻을 가진 낱말은 여러 가지다. 화를 내는 주체나 방식, 이유, 목적, 정도 등이 달라서일 게다. 화를 표현하는 이 말 중 가장 마음에 드는 건 분개하여 몹시 성을 낸다는 뜻의 분노다.

시인 김수영은 <어느 날 고궁을 나오면서>란 시에서 "왜 나는 조그만 일에만 분개하는가"라 썼다. 정작 분하게 여겨야 할 일은 따로 있는데, 왜 조그만 일에만 분개하느냐고 스스로를 질타하는 듯 말이다.

김수영은 "왕궁"과 "왕궁의 음탕" 대신에, "붙잡혀간 소설가를 위해서 언론의 자유를 요구하고 월남 파병에 반대하는 자유를 이행하지 못하"는 자신 대신에, "조금쯤 옆으로 비켜서 있"는 비겁한 자신 대신에, 애먼 야경꾼과 설렁탕집 주인에게 분노하는 자신이 얼마나 작으냐고 썼다. 어쩌면 그가 가장 분노한 건 조금 옆으로 비켜서 있는 자신이었는지도 모르겠다.

어느 날 뉴스를 보다 난 이런 글을 남겼다.

오늘도 누군가는 싸우고, 누군가는 죽었고, 누군가는 억울하고,

누군가는 슬프고, 누군가는 화를 삼킨다.

그 와중에 누군가는 앞에서 하지 못할 말을 뒤에서 뇌까리고, 남을 괴롭히고, 폭력을 휘두르고, 남을 속이고, 책임지지 않은 채 뒤로 숨고, 아연실색할 막말을 아무렇지도 않게 내뱉는다.

그럼에도 불구하고 오늘도 누군가는 냉정하고 무관심하고 외면하고 냉소하고, 타인의 눈물을 비웃고, 다른 사람의 아픔을 보고도 근엄하게 팔짱 끼고 네 잘못일 뿐이라고 말하고, 누군가에게 상처를 주고 낄낄대고 킥킥댄다.

그렇게 냉소하고 아픈 상처를 헤집고 낄낄대고 근엄한 척 외면하는 그 누군가에게 난 분노한다.

분노를 느껴 쓴 글이었다. 분노의 대상에게 저주를 내리고 싶을 만큼 감정이 격앙되어 있었다. 그날따라 왜 이리 성을 돋우는 일들이 많았는지, 어이없고 몰상식한 일들은 왜 그리 많았는지, 책임져야 할 자들이 '나 몰라라'하며 뻔뻔하게 외면하는 게 왜 그리 도드라져 보였는지 모를 일이다. 어쨌든 그날 난 분노에 휩싸였다. 그러나 그때뿐이었다. TV 화면을 보면서 몇 마디 욕을 해줬을 뿐 어떤 행동도 하지 않았다. 옆으로 비켜서 있었다.

분노할 일이 있다. 막말을 일삼는 몰상식한 이들, 권한은 누리되 책임은 지지 않는 이들, 권력이 있다는 이유로 남을 짓밟는 이들, 앞으로는 화사한 웃음을 짓지만 뒤로는 구린 행동을 마다하지 않는 이들, 자신이 무얼 잘못했는지 전혀 인정하지 않는 뻔뻔한 이들, 자신의 잘못을 궤변으로 가리고자 하는 이들. 그들에게 나는 분노한다.

　하지만 어디에, 어떻게 표출해야 할지 모르는 경우가 많다. 내 분노가 정당한 것인지 판단이 안 설 때도 있다. 그럴 때면 한없이 내가 작아 보인다. 고작 뉴스를 보면 욕 몇 마디 하고 있는, SNS에 분노의 글밖에 올리지 못하는 내가 비겁해 보인다.

　하지만 안다. 이 분노의 감정이 켜켜이 쌓이리라는걸, 잊지 않으리라는걸, 언젠가 분출시킬 날을 기다리며 활활 타오를 분노의 심지가 되리라는걸. 숙성되고 숙성되면 터져 나오리라는걸. 무감보다 불감보다 이렇게나마 분노하는 게 필요하다는걸.

　그래서 오늘도 난 분노한다. 켜켜이 쌓아둔다.

분노

땀 흘리지 않는 자가 너무 많다
불한당, 부러워하지 말 것

  일찍이 영화 『넘버3.』(1997)에서 불사파 두목 조필(송강호)
이 말했다. "건달을 불한당이라고도 한다. 아니 불, 땀 한… 땀
을 안 흘린다는 뜻이야. 조금만 버티자. 조만간 일거리가 들어
오겠지."라고.

  생활비가 떨어져 막노동이라도 하겠다는 불사파 쌈마이들에
게 한 말이었다. 조만간 일거리, 즉 청부폭력이나 청부살인이
들어올 테니 불한당이라는 이름에 걸맞게 땀 흘릴 생각하지 말
라면서.

  불한당은 아니 불(不)에 땀 한(汗), 무리 당(黨)이란 한자로
조합된 낱말이다. 조필의 말처럼 땀을 흘리지 않는 무리다. 남
의 것을 빼앗거나 남을 괴롭히는 사람들을 일컫는 말인데 내게
는 땀을 흘리지 않는 무리라는 은유가 훨씬 와닿는다. 쓰임새
도 훨씬 넓어진다.

  불한당은 단순히 땀을 흘리지 않는 자를 가리키는 게 아니
다. 불한당은 사실상 누군가의 땀을 훔치는 자라고 해도 무방
하다. 타인의 노동에 가야 할 대가를 중간에서 가로채고 착취
하는 것과 다를 바 없다.

  젠트리피케이션(gentrification) 현상을 예로 들어보자. 특
정 지역에 사람이 몰린다. 그런데 사람이 몰리는 이유는, 임차

인인 상인들이 매력적인 상권을 형성했기 때문이다. 사람이 몰리면 부동산 가격이 상승하고, 이 지역으로 들어오려고 하는 이들이 많아진다. 부동산 가격 상승과 함께 상권에 진입하려는 사람들이 많아지면서 임대료도 상승한다. 건물주는 기존 임차인과의 계약 갱신 시기에 임대료를 몇 배 올리거나 불로소득을 챙기며 부동산을 매각한다. 빚을 지고 건물을 산 새로운 건물주는 대출을 갚기 위해 임대료를 올릴 수밖에 없다. 임대료가 이미 높게 책정되어 있기 때문이다. 그럴 때 임차인에게 남은 선택은 두 가지다. '울며 겨자 먹기'로 인상된 임대료를 내면서 장사를 하거나, 막대한 손해를 보면서 떠나거나.

부동산 가격 상승, 사람들이 몰리는 매력적인 상권 형성, 그 사람들을 대상으로 장사를 하기 위한 노동력 제공에 건물주가 한 노동은 없다. 그런데도 그들은 건물주라는 이유로, 부를 챙긴다. 전형적인 지대 추구 행위이다. '투자'란 이름으로 행해지는 부동산 투기도 마찬가지다. 문제는 여기서 그치지 않는다. 그렇게 축적한 부가 세습된다는 것이고, 세습된 부를 태어날 때부터 누리는 금수저가 다시 또 그 부를 축적한다는 것이다.

우리나라 재벌은 어떤가. 재벌 2,3세란 말에서 알 수 있듯 재벌의 부는 자식과 손자에게 세습된다. 부와 권력, 신분이 한꺼번에 세습된다. 시쳇말로 금수저를 입에 물고 태어나는 것이다. 태어나면서부터 누려 마땅한 것처럼 여겨지는 그들의 특권은, 사실은 재벌로 성장하기까지 국가가 지원해준, 우리가 낸 세금으로 지원해준 오랜 기간 동안 이뤄진 막대한 특혜의 산물이자, 그렇게 특혜를 주면서 부패한 정치인들이 비자금을 형성하게 해준 나눠먹기의 결과다. 그런 특혜를 받았음에도, 그들은 그것이 자신들이 받아 마땅한 부와 권력이라 여기고, 세금을 탈루하고, 탈법과 위법을 저지르고도, 결국 우리나라 경제를 살리기 위해 노력했다는, 알량한 핑계를 대면서 제대로 된 처벌도 받지 않는다. 깡패나 조폭은, 징역이라도 사는데 말이다.

이러니 힘이 있어야 한다고, 잘 태어나야 한다고 하는 것 아니겠는가. 불한당임에도, 건물주를, 금수저를 부러워하며 어떻게든 그 대열에 끼기 위해 스노비즘(snobbism, 속물근성)을 당연한 것으로 여기는 세태가 형성되지 않았겠는가. 노동을 위계화하는 데 너무나 익숙해지고, 경제적 불평등을 너무나 당연한 것으로 생각하고 있지 않은가.

노동하지 않는 자를 비판하는 게 아니라 오히려 숭앙하고 있지 않은가. 자신과 서열이 비슷하거나 못하다고 생각하는 이들이 특혜를 받는 것처럼 여겨지면 '공정'을 얘기하며 거품을 물면서도, 재벌 2,3세처럼 자신보다 이미 서열이 높거나 신분이 다른 이들이 당연한 듯 누리는 특혜에는 눈 감고 있지 않은가. 출발선이 다르다는 건 외면하고, 나보다 늦게 출발한 이가 앞서나갈 때는 '불공정'이라며 그걸 비난하고 있지 않은가.

금수저와 흙수저를 나누는 게 불편한 이유도 이것이다. 금수저를 비판하기보다는 흙수저를 자조하는, 금수저를 물고 태어나지 못한, 즉 지대를 추구할 만한 상속 재산 없이 태어난 자신을 통탄하는 것처럼 들린다.

잊지 말아야 할 것은 금수저가, 불로소득자가, 지대추구자가, 불한당이라는 사실이다. 불한당임을 자각하지 못하거나 알면서도 외면하는 불한당이다. 그러니 최소한 착취하는 자를, 남을 짓밟는 자를, 부러워하지는 않으련다. 영화『베테랑』(2015)에서 서도철(황정민)이 한 "우리가 돈이 없지 가오가 없냐"라는 말은, 돈 없는 자의 자기 위로일 수도 있지만, 쪽팔리게 살지 말자는 최소한의 염치인지도 모르니, 그리 살려 한다.

부디, 그랬으면 한다.

인간은 붕어빵이 아닌데

'답다'라는 말, 참 답답한 틀

붕어빵은 먹는 것도 즐겁지만 그걸 만드는 과정을 지켜보는 것도 소소하게 즐겁고 신기하다. 액체로 된 재료를 일정한 틀에 넣고 그 안에 앙금을 넣고 불 위에서 이리저리 돌리다가 틀을 열면 노릇노릇 구워진 빵이 척하고 모습을 드러낸다. 목장갑을 낀 채 바쁘게 움직이는 손과 적당한 때에 뒤집고 꺼내는 능력이 조화롭게 어우러질 때 잘 구워진 붕어빵을 먹을 수 있다.

비늘 모양까지 완벽하게 새겨진 채 세상에 나온 붕어빵을 보고 있자면 겉으로는 아무 말도 안 하고 있지만 속으론 탄성을 내지른다. '아, 나왔다' 하고. 모락모락 김이 나는 모습에 군침도 나온다. 액체에서 고체로 변한 게 마치 새로운 생명을 얻은 것 같아 약간 기특하기도 하다. 붕어빵을 배태했던 틀을 새삼 솜솜 뜯어보기도 한다. 비늘 모양이 음각된 그 틀 안에서 붕어빵은 제 모양이 잡혔으리라.

틀은 액체를 고체로 만들 때 유용하다. 흘러내리는 속성이 있는 액체는 틀 안에 고정시켜놓고 불로 굳혀야 한다. 또 틀은 뭔가의 구획을 정하고 그곳에만 집중시키려 할 때 유용하다. 액자라는 틀 안에 있는 그림은, 그 틀 안에 있을 때 더 인정받는 듯하다. 영화 화면이나 TV도 사각형 틀로 우리의 시선을 붙잡는다. 틀은 일종의 규칙이며 규정이다.

그런데 틀은 딱 그 안에서만 자유로운, 밖으로 나가면 안 될 것 같은, 그런 강압 또한 품고 있다. 붕어빵의 틀 밖으로 흘러나간 반죽은 완벽한 붕어의 모습을 만들기 위해 가차 없이 버려진다. 등이나 배 주위로 흘러 굳어진 조각이 서걱서걱 소리를 내며 제거된다. 틀 안에서 굳어진 붕어빵과 똑같은 재료로 만들어졌어도, 틀밖에 있다는 이유만으로 그건 필요 없는 것으로 치부된다. 붕어빵의 모양을 흐리는, 붕어빵의 완벽한 모양을 훼손하는, 틀 밖의 존재는 효용가치가 없다는 듯.

우리는 누군가에게 쉽게 말한다. 학생답다, 어른답다, 남자답다, 여자답다, 아이답다, 너답다, 나답다 등등으로.

'답다'는 틀이다. 마치 칭찬하는 듯하지만 그 틀에서 벗어날 때 확실히 알게 된다. 칭찬이 아니라 구속이라는걸.

학생답지 않다, 어른답지 않다, 남자답지 못하다, 여자답지 않다, 아이답지 않다, 너답지 않다, 나답지 않다 등의 말이 어떻게 쓰이는지 확인해보면 안다.

그건 사람을 일정한 틀 안에 구속시켜놓고, 그 안에서의 자유만을 허락하는 것과 같다. 만약 그 선을 넘으면 붕어빵 틀 밖으로 삐져나온 조각을 부스러기 취급하며 가차 없이 잘라내는 것처럼 비판을 해댄다. '~답지 않다'는 말은 개인의 자유를 틀 안에 가둔다. 학생답지 않다는 건 품행이 방정하고 공부를 열심히 해야 하는 학생인데도 그리 행동하지 않아 불편하고 비난을 해도 된다는 뜻이, 남자·여자답지 않다는 말에는, 사회적으로 통용된다고 여겨지는-과연 그런지는 차치하고-젠더 정체성에 부합하지 않는 이들을 비난하려는 의도가 숨어 있다. 그래서 모든 '~답다'라는 말, '~답지 않다'란 말은 편견이다.

한 인간을 틀 안에 가둬놓고 사고하는 건 위험하다. 그런데도 사람들은 다른 사람을 일정한 틀로 파악한다. 그게 편하기 때문이다. 한 사람을 알게 됐을 때, 머릿속에서 분류하고 개념화하는 데 틀만큼 유용한 것도 없다. 이 사람은 이런 부류, 저 사람은 저런 부류로 분류하고 묶어놓으면, 그 사람을 어찌 대해야 할지, 어떤 행동을 해도 되는지, 하지 말아야 하는지도 나온다.

유용한 분류법이지만, 그만큼 위험하다. 고정된 틀 안에 가둬놓고 사고하는 건 그 사람의 자율성을 침해한다. 또 자신이 스스로 정해놓은 틀 밖의 행동을 했을 때 그걸 비난하며 폭력을 가하는 것과 같은 결과를 초래한다. 무수히 많은 정체성을 갖고 있음에도, 한 개인을 '답다' 혹은 '답지 않다'란 말로 틀 안에 가두는 건 그 사람이 가지고 있는 다른 측면은 인정하지 않는 것과 같다.

접사인 '답다'는 명사나 명사구 뒤에 붙으면 형용사로 바뀐다. 뜻이 없던 말에 뜻이 생기고, 뭔가를 규정하게 된다. 하지만 인간은 정형화할 수도 없고, 하나의 정체성만 가지고 있는 게 아니다. 뭔가로 규정지을 수도 없고 그 속성상 틀 안에 고정시키지 못하는 자유로운 존재다.

인간은 붕어빵이 아니다.

'답다', '답지 않다'라는 말.
함부로 쓸 일, 아니다.

답다

견디기 싫어 돌을 던진다

조용하다고 해서 아무 일도 없는 건 아니다

어느 여름. 사진과 음악이 함께 어우러지는 공연을 본 적이 있다. 사진가가 찍은 사진을 보고 피아노 연주자가 그 느낌을 음악으로 표현하는 공연이었다. 처음 보는 형식의 공연이었기에 흥미로웠다.

더구나 아이슬란드에서 찍은 사진들이었기에, 한 번도 가보지 못한 이국적인 풍경에 사로잡혔다. 잔잔한 피아노 선율과 함께 슬라이드로 구성된 사진을 보는 재미가 쏠쏠했다. 감흥이 있었다.

청각보다는 시각적인 것에 훨씬 많은 자극을 받는 터여서 음악보다는 사진이 잔상처럼 남았다. 그 중 한 사진은 뇌리에서 사라지지 않고 아직 남아있다. 북해의 빙하로 둘러싸여 바다가 마치 호수처럼 보이던 그 사진. 사진이란 매체 자체가 순간을 정지 화면처럼 포착하고, 더구나 풍경이었기에 아무래도 동적(動的)이지 않고 정적(靜的)일 수밖에 없지만, 그 사진은 너무나 정적이었다.

그 사진을 찍은 이가 분명 그 자리에 있었음에도, 아무도 없는 곳인 것처럼 느껴졌다. 조용보다는 고요란 단어가 어울렸고, 하늘과 빙하, 그 밑의 바다 모두 이 세상에 없는 곳처럼 느껴졌다. 그 사진을 보다가 서둘러 메모장을 꺼내 흘려 적었다.

머리보다 손이 더 빨랐다. 그때 쓴 메모는 이랬다.

"고요가 싫어. 평온이 싫어. 침묵이 싫어. 돌을 던진다. 견디기…
싫어…"

정적(靜寂)과 고요, 그래서 평온과 평화란 단어가 어울릴 법
도 했건만, 난 그게 몹시 싫었다. 견디기 어려웠다. 저 바다에
돌이라도 던졌으면, 아니 저 스크린에라도 돌을 던져보고 싶었
다. 파문을 일으키고 싶었다. 물결이라도 봐야 할 듯싶었다. 그
바다는, 죽어 있었다. 평온과 평화를 가장하고 있었다. 과연 살
아 있는지, 왜 그리 평화로운지, 그리 평온해도 되는지 소리라
도 치고 싶었다. 그 고요와 평화를 가식으로 여겼다. 왜 그랬는
지는 지금도 잘 모른다. 지극히 평화로운 풍경을 보면서 왜 그
리 혼자 흥분했을까. 왜 그리 견디기 힘들어했을까. 왜 숨 막혀
했을까.

겉으로 보기에 세상은 아무런 문제가 없는 듯 보인다. 어떤
조직이든 외부의 시선으로 보면 별일 없어 보인다. 하지만 내
부자가 되어 보면 안다. 격랑과도 같은 출렁거림이 사람을 긴
장시키고, 그 격랑에 일개 개인은 언제든 휩쓸려 떠내려갈 수
있음을 안다. 폭력적인 상황이 연속해서 일어나는 데도 그 조
직이 평온하게 보이는 이유는 침묵을 강요하기 때문이다.

'쉿, 너만 조용하면, 너만 입 다물면 괜찮아', '우리 모두 겪은
일이야, 그런데도 우리는 조용히 있잖아', '우리라고 가만히 있
고 싶겠어, 밥 벌어 먹고살려면 어쩔 수 없잖아', '너 같은 애가

조직을 망치는 거야. 입 다물고 있어', '쟨 왜 저래, 튀고 싶어 안달 났나 봐', '뭘 바라고 저러는 거 아냐'라는 말들. 피해자에게 가해지는 1차, 2차, 3차, 아니 무한(無限) 가해가 조직 내에서 일어난다.

겉으로 보기엔 평온하다. 하지만 어디에든 숨죽여 울고 있는, 가해자가 아닌 피해자가 자책하는, 자신에게 생긴 상처를 내보이지도 못하고 침묵하는, 강요된 침묵 안에서 어디에도 분출할 수 없는 분노의 화살을 자신에게 돌리는, 그런 사람들이 분명 있다.

그들이 용기를 내어, 정말 죽을 각오를 하고 용기를 내어 하는 말들은, 닥치고 귀담아들어야 한다. 그들의 말에는 피 냄새가 짙게 배어 있기 때문이다. 나는 이리 힘든데, 나는 이렇게 죽을 것 같은데, 나에게 폭력을 가한 이는 아무런 문제의식을 못 느낄 뿐만 아니라 승승장구하며 안온하게 살고, 세상은 너무나 평온하고 잔잔하기에, 그들은 그 가장된 평온과 평화에 작은 파문이라도 일으키기 위해 돌팔매를 한 것이다.

팔조차 들기 힘든 상태에서, 아니 고개조차 들지 못하는 상태에서, 돌을 던지겠다는 생각조차 못 한 상태에서, 그들은 용기를 냈고, 파문을 일으켰다. 그를 이어 다른 사람들이 돌팔매를 하기 시작했다. 그렇게 파문은 이어진다. 연달아 이어진다. 거기서부터 변화는 일어난다.

세상은 평온하지도, 평화롭지도, 고요하지도 않다. 가장된 평온 안에서, 몸서리치는 상처를 안고 침묵하며 살아가는 이들이 분명 있다.

그들을, 그들이 일으키는 파문을, 난 지지한다.
잔잔한 듯 보이는 세상에 돌을 던진다.
견디기 싫어, 견딜 수 없어 돌을 던진다.

파문

4장 _ 누군가를 잊듯 누군가에게 잊힌다

누군가에게 잊힌다는 건
기억하고 있었다는 걸 전제한다.
누군가에게 각인되고,
기억으로 남아야 잊힐 가능성도 생긴다.
흔적을 남겨야 지워진다.
그래서 잊힌다는 건 운이 좋은 거다.
기억해줘 고맙다고,
기억하게 해서 미안하다고 해야 할 일이다.

오늘도 나는 누군가에게 잊힌다.
그간 기억해줘 고마웠다.
아프게 기억하게 해 미안하다.

잊어줘… 고맙다….

상사, 그 애처로움에 대하여

홀로 그리워하는 건 비극

상사화(相思花)란 꽃이 있다. 잎이 먼저 나오고, 꽃이 나올 때쯤 잎은 저버리는, 잎과 꽃이 한 몸에 있으되 서로의 모습을 볼 수 없는 꽃. 서로 생각하고 그리워한다는 상사(相思)란 이름을 가진 이 꽃의 꽃말은 '이루어질 수 없는 사랑'이라고 한다.

상사화란 꽃 이름을 처음 들었을 때 옛사람들의 작명 센스에 탄복했다. 잎과 꽃이 따로 피는 걸 관찰하고, 거기서 상사란 말을 끌어내어 이름을 짓는 것도 대단해 보였지만, 그 이름이 널리 알려진 게 여간 신기한 게 아니었다. 아마 공감을 불러일으켜 그랬을 터이다.

기이하게 피는 꽃 하나에 상사란 의미를 부여할 만큼 만남과 헤어짐은, 그때 느끼는 충만과 상실의 감정은, 사람에게 충격을 준다. 사랑하는 이와의 만남도 충격으로 다가오고, 헤어짐은 더한 충격을 안겨준다. 적어도 내게는 그랬다. 상사화란 꽃 이름을 누가 지었는지, 또 어떻게 퍼져갔는지는 영원히 모를 일이지만, 이것 하나만은 확실하리라. 사랑하는 이와 만나지 못하는, 외로움과 그리움에 사무친 누군가가 상사의 애절함을 꽃에 담았을 것이며, 헤어짐에 사무친 이들이 그 꽃 이름에 공감했으리라는 걸.

상사화는 독성이 있다고 한다. 이름과 묘하게 어울린다. 상사의 감정은, 때로 사람에게 상처를 준다. 더 이상 만나지 못하고 함께 하지 못하는 현실을 받아들이지 못할 때, 집착은 생겨나고, 한 인간을 안으로부터 무너뜨린다. "남자나 여자가 마음에 둔 사람을 몹시 그리워하는 데서 생기는 마음의 병"을 상사병(相思病)이라 칭하는 것도 그 때문이다. 심화(心火)를 견디지 못해 몸에까지 영향을 미치는 상사병은, 연병(戀病)이라고도 일컬어진다. 참 직설적인 표현이지만, 직설적인 만큼 뜻은 명확하다.

상사라는 감정은, 정도 차이만 있을 뿐 대부분의 사람은 겪었거나 겪을 일이다. 사랑하는 이를 만나고 함께 했을 때의 희열, 내가 무슨 짓을 해도 지지해줄 것만 같은 동지의식, 이 너른 세상에 홀로 버려진 존재가 아니라 누군가에게 소중한 존재가 되고 있다는 자각, 아침에 눈을 뜰 때마다 느껴지는 행복감.

그런데 사랑할 때 느꼈던 이런 감정은 이별 후에는 같은 강도로, 아니 그보다 더한 강도로 충격을 준다.

늘 마음 한 자락이 비어 있는 허기, 사랑했던 이를 하염없이 보고 싶어 하는 욕망을 채우지 못해 생기는 기갈(飢渴), 어깨와 곁을 내어줄 이의 부재로 인한 절망, 나만 바라봤던 이가 이제 다른 사람을 바라볼지 모른다는 의심에서 기인하는 질투, 아침에 눈을 뜰 때마다 확인하는 집착, 이런 미련을 못내 털어내지 못하는 스스로에 대한 혐오.

사랑이란 감정을 이미 겪어봤기에 별리(別離)는 언제나 힘들다. 그러나 이별을 했다 하더라도 서로 그리워하고 있다면 그나마 조금 위안이 되는 것도 사실이다.

판소리 춘향가 중 '쑥대머리'에 이런 대목이 있다.

내가 만일 임을 못 보고 옥중고혼(獄中孤魂)이 되거드면
무덤 앞에 섰는 돌은 망부석(望夫石)이 될 것이요
무덤 근처 섰는 낭기(나무)는 상사목(相思木)이 될 것이니
생전 사후(生前 死後) 이 원통을 알아줄 이가 뉘 있더란 말
이냐

만나지 못하고 볼 수 없는 사랑. 그 사랑은 애틋하고 애절하고 원통하다. 다행히 춘향과 몽룡의 잠시 동안의 이별은, 그 애절한 사랑은, 헤피엔딩으로 끝났다. 서로 생각하고 그리워했기에 가능한 운 좋은 일이었다. 이처럼 다시 사랑하는 사이가 되지는 못한다 하더라도 사랑했던 이를 '서로' 그리워하는 것 역시 행운에 속한다. 홀로 그리워하는 것은 비극이다.

그러하기에 이별한 이들은, 상대방도 나처럼 힘든지, 여전히 나를 그리워하는지를 끊임없이 확인하려 드는지도 모른다. 잎과 꽃이 동시에 존재하지 않는 꽃에 상사화란 이름을 붙인 이유도 아마 그 때문일 것이다. 여전히 널 생각하고 있다는, 아직 날 그리워했으면 좋겠다는 소망을 꽃에 투영한 것인지도 모르겠다.

뭐가 됐든 애처롭다.

상사

사랑은 총량일까 전이일까

뭐든 차라리 더 사랑하는 게 낫다

빛은 입자이자 파동이다.

뉴턴은 빛을 작은 입자의 흐름이라 보았다. 호이겐스는 빛이 파동이라고 주장했다. 실험을 통해 빛이 파동이라는 주장이 증명되었지만 아인슈타인은 빛이 두 가지 성질을 모두 갖고 있다고 보았고 역시 실험으로 증명됐다. 입자이자 파동인 빛. 빛이 가진 그 두 가지 성질에 대해 생각하다가 문득 궁금해졌다.

사랑은 총량(總量)일까. 전이(轉移)일까.

한 사람이 가진 사랑의 양이 정해져있고, 그 총량을 분배해 누구에게 이만큼, 또 다른 누구에게 이만큼 나눠주는 걸까. 나누고 나누고 나누고, 그러다 사랑은 고갈되는 걸까. 총량이 다했을 때, 즉 나에게만 주었던 사랑을 다른 이에게 더 나눠주어서, 나눠 줄 사람이 많아져서, 한정된 사랑의 양이 고갈돼 나에게 더 이상 줄 사랑이 없을 때 이별이 오는 걸까. 정해져 있는 양이 다 떨어지면 기름 떨어진 차처럼 어느 순간 사랑은 멈춰버리는 걸까.

만약 사랑이 전이라면 이별은 내가 아닌 다른 사람, 혹은 다른 대상으로 사랑이 옮겨진 결과일까. 총량이 따로 정해져 있지 않고, 종류가 다른 사랑이 존재하는 가운데 그 사랑이 이 사람, 저 사람에게 옮겨 다니는 걸까. 그렇게 사랑은 움직이는 것이고 변하는 것일까. 사랑은 나에게 잠시 머무는 그런 감정에 불과한 걸까. 언제 어디로 가버릴지 모르고, 어떻게 흩어질지 모르는 게 사랑인 걸까. 정착한 듯 보이나 결국은 떠나버리는, 머물기 위해 떠나고, 떠나기 위해 머무는, 나그네 같은 존재인 걸까.

이별을 대할 때마다 궁금했다.

과연 나에게 주었던 사랑은, 또 내가 너에게 주었던 사랑은 어디로 가버리는 건지. 고갈되는 건지 옮겨 가는 건지. 아니면 고갈된 게 옮겨가는 것처럼 보이는 건지, 옮겨가서 고갈된 것처럼 보이는 건지. 둘 모두 다 작용한 건지.

그걸 알면, 더 이상 이별이 없을 줄 알았다. 조금 더 현명하게 만나고 헤어질 줄 알았다. 조금 더 사랑하고, 조금 덜 아플 수 있을 줄 알았다. 하지만 사랑을 모르기에, 그게 총량인지 전이인지조차 모르기에, 만나고 헤어지는 건 항상 새롭고, 익숙해지지 않았다. 새로운 만큼 기뻤고, 익숙해지지 않는 만큼 힘겨웠다.

사랑은 총량과 전이의 성질을 모두 가지고 있는 듯하다. 하지만 그것만으로는 설명하기 힘들다. 돌아보는 사랑도 있기 때문이다. 고갈된 사랑이라도, 전이된 사랑이라도, 한때 사랑했던 이를 살피고 헤아리고 돌아보기도 한다. 잘 살고 있는지, 행여 무슨 일이 있는 건 아닌지. 그럴 때의 감정을 사랑이라 부른다면, 고갈도, 전이도 아님이 분명할 것이다.

사랑이 총량인지 전이인지는 확실치 않다. 그것과는 다른 제3의, 제4의 성질이 있는지도 모른다. 아니 어쩌면 사람들마다 각기 다른 성질의 사랑을 하는지도 모른다. 답은 없기에, 정체를 명확히 파악할 수 없기에, 미궁 속에서 여전히 헤맬 수밖에….

하지만 한 가지는 알겠다. 사랑은 끝이 있다는 것. 사랑이 고갈되든 옮겨가든, 아니면 사랑을 주고받을 사람이 이 세상을 떠나든, 사랑은 어떻게든 끝난다. 생(生)이 있으면 멸(滅)이 있기 마련이듯.

하여, 죽음이 있기에 삶이 더 가치를 가지듯, 어쩌면 이별이 있기에 사랑이 더 간절한지도 모른다.

그러니 끝나기 전에 더 사랑해야 한다. 사랑할 거면 더 사랑하는 게 낫다. 그래야 후회가 덜하다.

비록 더 사랑해, 더 아프더라도, 차라리, 그게 낫다.

외롭고 서러운 정류장

만남과 헤어짐이 반복되는 인생에 대한 환유

타고 내린다. 오고 간다. 오고 가는 사람은 많으나 어느 누구도 길게 머물지 않는다. 사람들은 버스 안에서는 내릴 정류장을 기다리지만 버스 밖으로 나오면 정류장을 지나쳐 목적지로 향한다.

목적지로 향하기 전의 이정표.

누군가 정해놓은 노선에 세워진 중간 기착지.

영원한 기착지가 아닌, 정류장.

정류장은, 그래서, 외롭다.

오고 가다 멈춰 선다. 잠시 동안이지만 하루에도 버스는 쉼 없이 정류장에 들른다. 정해진 노선 따라 정해진 시간이면 만나고 헤어지고 다시 만나는 걸 반복해야만 하는 운명.

기계적으로 반복되는 만남과 헤어짐의 연속.

그리하여 정류장의 기다림은 헤어짐을 전제하고 있기에, 만날 때부터 이미 서럽다.

외로움과 서러움 중에 뭐가 나은지는 잘 모르겠다. 스쳐 지나가는 사람과 버스에게, 정류장은 한때 특정한 목표였을 터. 허나 막상 도착하면 이제 볼일 없다는 듯 무심히 다음 발길을 내딛는다.

그게 정류장의 운명인 걸까.

정류장

그 말뜻처럼 잠시 머물 수밖에 없는, 누군가로부터 받은 잠깐 동안의 관심과 기다림만으로 만족해야 하는, 한때는 목표였으나 지나치면 과정이 되고 마는, 그런 만남과 헤어짐으로 채워진 인생에 대한 환유인 걸까.

그럼에도 정류장은 여전히 서 있다. 사람들의 끊이지 않는 발길을 기다리며. 잠시 스쳐 지나가는 인연을 기다리며. 버스와의 만남과 헤어짐을 반복하며. 하루에도 무수히 많은 이들이 찾지만 결코 오래 머무르지 않는 그곳에, 정류장은 변함없이 서 있다.

어쩌면 그게 정류장의 운명일 터. 우리네 인생일 터. 영원히 누군가의 목표가 되지 못하고 누군가를 목표로 삼지 못하는, 스쳐 지나가는 사람을 붙잡지 못하고 멀거니 지켜봐야만 하는, 인연을 맞이하고 인연을 떠나보내야 하는, 살아있는 동안 만남과 헤어짐을 반복해야만 하는, 누군가에게 잠시 머무를 수밖에 없는, 그런 인생과, 정류장은, 닮았다.

서럽게도 닮았다.

슬프고 서러운 말, 그냥
괜찮지 않아 묻는 말

괜찮아? 별일 없는 거지? 낯빛이 안 좋아 보여.
누구야? 대체 널 괴롭히는 게.
무슨 일이야? 무슨 일이 길래 그래?
잘 지내는 거 아니었어? 잘 지내길. 부디 그러길.

보고 싶어. 듣고 싶어. 대놓고 이 말을 못 하겠어.
이 말을 하면 내가 추레해 보여서.
이런 말을 하면 네가 부담을 느낄까 봐.
오히려 날 멀리할까 봐.

어떻게 살고 있길래 전화 한 번 없는 게냐.
손가락이라도 부러진 게냐. 무심한 것 같으니라고.
꼭 아비 어미가 전화를 해야겠냐. 뭐가 이리 바쁜 게냐.
난 네가 궁금한데. 이리 보고픈데.

당신은 날 이해 못 해. 아니 이해하려고도 하질 않아.
겉으론 다 이해하는 척, 다 알고 있는척하지만 하나도 날 알
지 못해.
날 몰라. 알려고도 하지 않아.

그냥

그런 당신에게 할 말이 없어.
그런데도 당신은 물어. 왜 그러느냐고.

네 아픔을 보듬고 싶어.
네가 날 밀어내도 난 네게 다가서고 싶어.
혼자가 얼마나 힘든지 알기 때문이야.
하지만 넌 날 밀어내. 더 이상 밀릴 수도 없는 절벽 앞에 다다랐는데도 넌 날 밀어내.
그 절벽에서 떨어지고 싶지 않아.

이 모든 속마음을 숨길 수밖에.
그래서 할 말이 많았음에도 기껏 연락하고 이리 대답해.
그냥……이라고.

네가 궁금해. 그래서 연락했어.
넌 내게 왜 연락했냐 물어.
내가 할 수 있는 대답은.
그냥.

그래. 그냥.
참 많은 말들이 숨어 있어서
슬프고 서러운 말.
그냥.

짝 잃은 것의 운명

길에 떨어진 장갑, 그 쓸쓸한 풍경

추운 날.

길가에 떨어진 장갑 하나를 본다.

어쩌다 저곳에 떨어졌을까. 추운 날 손 시릴 주인이 작정하고 버린 건 아닐 테고.

자기 의사와는 상관없이 느닷없이 길바닥에 떨어진 걸 테지.

길에 떨어진 장갑을 보다 문득 지금도 주인에게 있을 나머지 장갑 하나가 떠오른다.

짝을 이뤄야만 효용가치가 있는 장갑.

곧 나머지 장갑 하나도 버려지겠지.

그게 짝 잃은 장갑의 운명이겠지.

길바닥에 버려져 먼지를 뒤집어쓰고 이리 채이고 저리 채이다가 쓰레기통에 들어가는 장갑.

주인에게 아직 있기에 사정은 좀 나을지라도 결국 방치되어 버려질 것이 분명한 나머지 장갑.

길가에 떨어진 장갑도, 주인에게 남아있을 장갑도, 자기 뜻과는 무관하게 황망한 이별을 겪었을 터.

그 이별을 원하지 않았음에도, 자신의 의지가 아니었음에도, 짝을 잃었다는 이유 하나로 결국 버려지는 건 장갑이라는 사실이 가혹하지만, 어쩌면 그게 짝 가진 것의 운명인지도 모른다.

장갑

누군가와 짝을 이뤘을 때는 모른다. 짝을 잃었을 때의 상실을. 짝을 잃은 뒤의 삶이 달라진다는 것도, 또 다른 짝을 찾기 위해 발버둥 쳐야 하는 현실도, 더 이상 짝을 이루지 않겠노라고 후회 섞인 다짐을 하게 되리라는 사실도, 짝을 이뤘을 때는 모른다.

그러다 짝을 잃으면 갑자기 알게 된다. 장갑처럼 짝을 이뤄야만 하는 것들과 별로 다르지 않았다는 사실을. 장갑처럼 버려지기도 하지만 스스로를 방치하기도 한다는 것을. 외로움과 그리움이 이리 사무치는 것이었는지, 쓸쓸해서 서러운 게 뭔지를, 절실히 깨닫는다.

한 짝이었다가 이젠 두 개로 나뉜 장갑은 어찌 될는지. 짝을 이뤘다가 이별한 이들도 어찌 될는지. 갑자기 내면을 채우는 외로움과 그리움, 서러움과 쓸쓸함을 그들은 어찌 견딜지.

길바닥에 떨어진 장갑 하나에 마음이 심란해진다.

아직,
겨울이다.

누군가를 잊듯 누군가에게 잊힌다
잊어줘 고맙다

잊고 싶은 일이 있다.

대부분 당시의 일이 떠오를 때마다 부끄러워 몸서리를 치는 기억들이다. 후회와 회한으로도 감당이 안 되는, 시간을 되돌리고 싶을 만큼 상처로 남은, 왜 그랬는지 도통 이해가 안 되는, 하여 다시는 되풀이하고 싶지 않은 일들. 그런 기억은 그만 잊고 싶다. 하지만 지우려 할수록 선명해진다. 쉽게 없어지지 않는다. 아마 평생 기억에 남아 나를 괴롭힐 거다. 죽을 때까지 부끄럽게 할 거다.

잊히고 싶은 일도 있다.

누군가에게 상처와 아픔, 고통과 수치를 준 일은, 나만 기억하고 상대방은 잊었으면 좋겠다. 부끄러워하며 사죄하는 심정으로 나만 기억했으면, 나로 인해 상처 입은 그 누군가가 나란 존재 자체를 잊었으면 하는 바람이 있다. 내가 준 상처가 상처로 남지 않길 바라는, 부질없는 소망일 터. 내 기억도 내 마음대로 하지 못하는데, 상대방의 기억은 말할 것도 없다.

잊히고 싶은 바람은 오만함을 품고 있다.

나와 짧게나마 인연을 맺었던 이는, 모두 나를 기억할 것이라는, 그런 오만한 생각에 불과하다. 나는 기억하는데, 누군가는 나를 기억하지 못한다. 내 마음에 큰 자리를 차지하고 있는 누군가에게 난 미미한 존재이거나 아예 없는 존재일 수도 있다. 잊혔으면 좋겠다고 소망하지만, 그에게 나는 이미 잊힌 존재, 아니 기억하지 않아도 되는 존재일 수 있다. 그래서 잊혔으면 좋겠다는 생각은, 내 건방과 오만을 드러내는 증거가 되기도 한다.

잊힌다는 건 두려움으로 다가오곤 했다.
나를 아는 누구에게나, 나란 인간의 흔적을 남기고 싶었다. 누군가에게 영향을 끼쳤으면 했다. 좋고 나쁘고를 떠나, 존재감 없는 사람이 되고 싶진 않았다. 가늠이 안 되는 사람이되 누구에게나 깊은 인상을 남기는 존재였으면 했다. 누군가가 가끔 나를 떠올렸으면 했다. 그렇게 떠올리고 미소 지을 수 있다면 더할 나위 없이 좋다 여겼다.

왜 그랬을까? 특별한 사람이고 싶어서? 그렇게 기억에라도 남아야 제대로 산 것 같아서? 잊히면 존재의 의미를 잃어버리는 것과 같아서? 모를 일이다. 대신 한 가지는 확실하다. 내가 누군가를 잊듯, 나도 누군가에게 잊힌다. 살아생전 잊거나 잊히지 못하더라도 죽으면 결국 사라진다. 잊히게 될걸, 뭘 그렇게 두려워했을까. 누군가에게 기억되는 게 무슨 의미가 있다고 지레 겁먹었을까. 어떻게든 좋은 사람으로 기억되려 발버둥 쳤을까.

누군가에게 잊힌다는 건 기억하고 있었다는 걸 전제한다.

누군가에게 각인되고, 기억으로 남아야 잊힐 가능성도 생긴다. 흔적을 남겨야 지워진다. 그래서 잊힌다는 건 운이 좋은 거다. 기억해줘 고맙다고, 기억하게 해서 미안하다고 해야 할 일이다.

오늘도 나는 누군가에게 잊힌다. 그간 기억해줘 고마웠다. 또 아프게 기억하게 해 미안하다.

잊어줘…… 고맙다.

잊히다

과거가 꾸덕꾸덕 달라붙어있다

술이 쓰다

100여 권의 책을 정리했다.

아이들 책까지 하면 200여 권이 넘는 분량. 평생 읽을 것 같지 않을 책. 읽고 나서 다시 찾지 않을 책. 왜 구입했는지 도통 모를 책들을 정리하니 100여 권에 이른다.

문제는 별 티가 안 난다는 것.

세어보진 않았지만 그 다섯 배 넘는 책들이 남아있는 탓이다. 아이들 책까지 하면 더 많고.

장장 4시간에 걸친 책 정리.

어떤 책을 정리할지 고민하고 꺼냈다가 다시 꽂는 걸 반복하고, 나름의 규칙에 따라 책을 분류하다 보니 시간이 훌쩍 지났다. 그 정도 시간과 품은 들여야 할 것이다. 그게 책과 이별하는 자의 예의일 터.

책을 다 정리하고 그것도 노동이라고 힘이 좀 달린다.

하여 쌀쌀한 날씨에도 굳이 밖으로 나가 맥주를 사 왔다. 맥주를 마시며 물끄러미 책 더미를 훑는다.

저 책들에 담긴 사연이 하나둘 떠오른다.

언제 누구와 함께 책방에 들러 책을 샀는지, 책을 발견했을 때 어떤 희열을 느꼈는지, 책을 살 때 어떤 공부에 목말라 있었는지, 그 당시에 내가 집중했던 건 뭐였는지, 무엇을 힘들어했는지.

어렴풋이 떠오르는 기억들.

누렇게 변색된 책장과 같은 희미한 추억들.

저 책들 속에 과거가 꾸덕꾸덕 들러붙어 있는 걸 느낀다.

한때는 소중했지만 이제는 시시해진 과거의 흔적이 말라붙어 있다.

이제 그 기억과 멀어지려 한다. 털어내려 한다.

책은 정리할 수 있지만 과거의 기억까지 정리하기는 힘들다.

과거로부터, 과거의 흔적으로부터, 과거의 상처로부터 자유로운 사람은 없다.

나 역시 마찬가지. 문득 과거의 상처가 꾸덕꾸덕 말라붙어 있는 걸 느낀다.

다행히 아문 상태지만 딱지가 꾸덕꾸덕 들러붙어 있는 것까지는 없앨 수 없다. 그 딱지가, 여기 상처가 있었음을 증명한다. 잊지 말 것을 종용한다.

털어내고 싶지만, 털어내기 위해선 상처를 또 헤집어야 한다. 책을 버리는 것처럼 그리 상처를 버릴 수 있다면 얼마나 좋을까. 허나 어쩔 수 없는 일. 업보처럼 지고 갈 수밖에.

술이 쓰다.

사라지는 건, 거의 모두, 슬프다

소중함을 미처 깨닫지 못했기에 받는 천형

사라진 이는 박제와 같다. 사라지기 직전의 모습이 박제처럼 남아있다. 머릿속에 남겨진 박제와 같은 잔상. 더 변하지도 않고 변할 수도 없는 그 사람의 기억이 박제가 되어 머문다.

박제가 다시 살아나지 않듯이 사라진 이는 기억 안에 말라붙어 있다. 시간이 아무리 흘러도 더 이상 변하지 않은 채 머물러 있다. 그리하여 사라진 이는, 사라졌어도 여전히 기억 안에 머무는 이는, 거의 모두가, 슬프다. 사라진 이를 추억하는 것 이외에는 아무것도 할 수 없기에……

사라진 이는 때로 낙인을 남긴다. 마음에 새겨진 깊은 상처가 낙인으로 변해 남아있다. 지금은 아물었지만, 불에 덴 듯한 그 상처를, 상처가 아물기까지의 과정을, 난 기억한다. 사라진 이에게 주었던 상처도, 사라진 이에게 받았던 상처도, 모두 낙인이 된다. 죽는 날까지 지워지지 않을 것만 같은, 영원히 회복되지 않아 저주처럼 느껴지는 낙인.

곁에 머물다 떠난 이, 사라진 이를 떠올린다. 애써 떠올리지 않아도 갑작스레 떠오른다. 기억에서조차 완전히 사라진 듯했지만 불쑥불쑥 사라진 이가 나타난다. 커피 한 잔에 함께 공유했던 시간과 공간이 떠오르고, 계절이 변할 때마다 풍기는 특유의 냄새에, 저녁노을에, 빗소리에, 술 한 잔에, 소복이 내리는 눈발에, 느닷없이 사라진 이가 기억 저편에서 모습을 슬며시 드러낸다. 벌써 나를 잊었느냐며, 어찌 그럴 수 있느냐며 힐난하듯이…. 네 기억 속에서만은 사라지지 않겠다는 듯이….

미처 건네지 못한 말. 미처 거두지 못한 연민. 미처 회복하지 못한 관계. 이젠 더 이상 어찌해볼 수 없이 마냥 슬퍼해야만 하는 현실. 박제와 낙인으로 남은 아프고 아련한 기억. 추억이란 말로 포장하지도 못하는, 아직도 생생히 남아 있는 상처.

사라진 이는, 그렇게 자신의 존재를 기어코 확인받곤 한다.

"이래도 잊을 텐가.", "이리 잊어도 되는가." 하며 기억 속에서 불쑥 모습을 드러낸다. 그럴 때면 그가 그립다 가도, 이리 뒤숭숭하게 마음을 흔들어놓는 그가 미워진다. 아니, 어쩌면 사라지기 전에, 그에게 준 상처를 미처 보듬지 못한 내가 미운 지도 모른다. 후회가 미움으로 변한 건지도….

이리 빠르게 사라질 줄 몰랐다. 이렇게 순식간에 없어질 줄 몰랐다. 견고해 보였던 관계가 신기루같이 한순간에 사라지리라고는 생각조차 못 했다. 우연히 만났지만 우연이 아니라 필연이라 여겼다. 언제나 곁에 있었기에, 언제까지고 곁에 머물 줄 알았다. 항상 옆에 있어 소중한 줄 몰랐다. 받기만 해도 되는 줄 알았다. 당연한 거라 생각했다. 사라진 이의 외로움과 절망을 미처 눈치채지 못했다. 그 외로움을 조금이나마 달래줄 수 있었는데도, 난 미처 그리하지 못했다.

후회, 한다. 사라지고 나서야, 후회, 한다.

사라지다

그 후회가 멍에가 되고 낙인으로 남았다.

징징대고 칭얼댈 생각 없다.

미처 전하지 못한 진심, 미처 건네지 못한 위로, 미처 생각하지 못한 후회라고 자위할 생각도 없다.

사라진 이가 얼마나 귀한 존재인지를 미처 깨닫지 못했기에 받는 천형이기에….

사라지는 건, 거의 모두, 슬프다.

그 슬픔을, 미처 깨닫지 못했던 천형을, 기꺼이 지고, 마저 살아갈 수밖에.

길이……멀다.

우리는 버리고, 버려지며 산다

그게 삶인 걸 어쩌겠는가

이사를 갈 때마다 느낀다. 대체 우리 집에 이리 짐이 많았던
가. 이 짐은 다 어디서 나왔나. 이사할 때마다 쓸모를 다한 물
건을 버려왔건만, 다음에 또 이사를 할 때면 살림살이는 불어
나 있었다. 뭔가를 잘 버리지 못하는 습관 때문일 것이다. 버린
다고 버렸지만, 그건 내 기준에 불과할 뿐, 나는 손때 묻은 물
건을 잘 버리지 못한다.

그 덕분에, 어렸을 때부터 쓰던 거의 30년 가까이 된 주전자
가 여전히 주방 한 쪽에 잘 모셔져 있다. 내 손에 들어온 지 10
년 넘은 물건은 부지기수다. 애지중지하지도 않건만, 이사할
때마다 왜 그리 머리에 이고 다녔는지 나도 잘 모르겠다. 그 물
건이 없다고 사는 데 지장이 있는 것도 아닌데 말이다.

살다 보면 필요한 물건이 생기기 마련이다. 또 더 이상 효용
가치가 없어진 물건도 생기기 마련이고…. 별다른 추억이 없
는 한, 생활필수품이 아닌 한, 없으면 불편한 그런 물건이 아닌
한, 웬만하면 버려왔다고 생각한다. 그런데도 살림살이가 여전
한 걸 보면, 아무래도 난 잘 버리지 못하는 모양이다.

30년 가까이 된 주전자는 어린 시절부터 집에 있던 거다. 그
작은 주전자는, 내가 감기에 걸렸을 때 어머니가 생강차를 우
려내주던 용도로 쓰였다. 그걸 알기에, 버리기 힘들다. 한 제과

점에서 이벤트 선물로 받은, 20년 가까이 된 빵 칼은, 당시 함께 살던 친구가 받아온 것이다. 빵 칼 하나 얻어 와서 밝게 웃던 친구 얼굴이 떠오르기에 버릴 수 없다.

　책장 가득 꽂혀있는 책들도, 모두 사연이 있기에 버리기 힘들고, 작은 액세서리 하나에도 그걸 선물해준 누군가가 떠올라 버리기 힘들다. 돈을 주고 샀건, 선물로 받았건, 길에서 주웠건, 그 물건이 생겨서 좋아하던 기억은 여전히 남아있다. 비록 쓸모가 다했다 하더라도 그 물건을 버리면 마치 기억을, 추억을 잃는 것 같아 버리기가 저어된다.

　어쩌면 살아간다는 건 살기 위해서 필요한 짐을 늘려가는 과정인지도 모른다. 한때 필요했고 소중했던 뭔가가 짐이 되는 게 삶인지도 모른다. 버려도 되지만 버릴 수 없어 짐이 늘어나는 게 삶인지도, 양 어깨를 짓누르는 짐이 되고 있는데도 버려진 모습을 차마 볼 수 없어 버리지 못하는지도 모른다.

　홀가분하게 살고 싶지만, 삶은 홀가분한 걸 허락하지 않는다. 거처를 옮기면서 쉽게 짐을 덜어내듯 양 어깨를 짓누르는 짐을 훌훌 털어버리고 싶지만, 그조차 쉽지 않다.

　곰곰이 생각해본다. 왜 못 버리는지. 언제 어떻게 쓰일지 모르는데 없으면 얼마나 서운할까 하는 기우, 언젠가 필요할 때가 있으리라는 헛된 기대, 생명 없는 물건에게 생겨버린 정(情), 그 물건에 깃든 추억 등이 이유일 것이다. 이런 이유들이 마치 그물망처럼 엮여져 내 마음에 단단히 자리를 잡고 있어서 쉽게 물건을 버리지 못하는 것이다.

　그러다 본질적인 이유가 하나 더 떠오른다.

한때 곁에 있다가 버려진 물건을 물끄러미 보고 있을 때의 쓸쓸함을 견디지 못해서라는 걸.

버려지는 건 그 자체로 슬프다. 누군가에게 효용가치가 다했다는 것, 쓸모가 없어졌다는 것, 더 이상 필요가 없다는 것, 곁에 두지 않겠다는 것을 뜻하기 때문이다. 따지고 보면 만남과 헤어짐, 사랑과 이별은 버리고 버려지는 일과 다름없다. 인력이 작용하다 끝내 척력이 더 세지고, 누군가가 버리고 누군가는 버려지는 게 별리일 터. 그걸 반복하는 게 삶일 게다. 이사할 때마다 물건을 버리고 다시 채우는 것처럼.

그렇게 우리는 버리고, 또 버려지며 산다.
쓸쓸하지만 그게 삶인 걸 어쩌겠는가.

버려지다

혼자 하는 사랑은, 지랄 같다

정해진 항로 없이 떠돌다 난파하는 마음에 대하여

혼자 하는 사랑은, 그 어떤 말로 미화하든, 지랄 같다.

정처 없이 떠돌 수밖에 없도록 운명 지워진, 목적지 없이 부유(浮游) 하다 결국 난파하는 배와 같다.

웬만해선 하지 말아야 할 사랑이지만, 사람 마음이 어디 마음대로 되던가.

공선옥의 소설『영란』에서 주인공 영란은 이렇게 말한다.

"사람 마음의 움직임에도 비행기 길이나 뱃길처럼 정해진 항로가 있다면 얼마나 간단하겠는가. 그러나 마음의 갈래는 한 곳으로만 지어져 있지 않고 마음의 길 또한 한 방향으로만 나 있지 않으니 마음에 부는 바람인들 천변만화를 하지 않을 수 있겠는가."*

혼자만 사랑하는 줄 알면서도, 영원히 그 사람의 마음을 얻지 못할 줄 알면서도, 누군가에게로 향하는 마음은 어찌하지 못한다. 가지 말라고, 다른 곳으로 가라고 해도 여간해선 듣지 않는다.

제 갈 길 가다가, 혼자 지랄하다가, 부서진다. 무참하게….

방향과 도착지가 정해져 있다면 얼마나 좋겠는가. 사랑의 작

---

* 공선옥, 「영란」(문학에디션 뿔, 2010), 243쪽.

대기가 서로를 향하면 얼마나 간단하겠는가. 그렇다면 부질없는 욕망에 시달리지도, 질투에 눈이 멀지도, 사람 마음을 얻지 못해 방황하지도, 하루에도 몇 번씩 허황된 사랑이란 감정의 늪에 빠져 헤어 나오지 못하는 자신과, 아무 죄도 없는 상대방을 책망하지도 않을 터인데….

작대기가 서로를 향해도, 항로가 정해져 있어도 사람 마음은 어찌 될지 모른다. 영원히 사랑할 거라고, 변치 않을 거라고 호언장담하지만, 그게 그 당시의 진심이지만, 마음에 부는 바람은 조변석개(朝變夕改)에 천변만화(千變萬化)다.

서로의 사랑을 확인한 뒤에는 내내 행복할 듯하지만, 사람의 마음은 그리 간단치가 않다. 언제 변할지 모르는 게 사람 마음이고, 꽃길만 걷는, 그런 사랑도 없다.

나만큼 나를 잘 알고 있는 사람은 없다. 맞다. 나만큼 나를 잘 모르는 사람도 없다. 이 또한 맞다. 미처 깨닫지 못한 '나'가 내 안에 있고, 절대 인정하고 싶지 않은 '나'도 내 안에 있다. 그러니 마음이 변할 수밖에. 이런 나를 좀처럼 인정하지 못해 참 싫고도 미운 나를 남보다 뒤늦게 눈치챌 수밖에.

네 마음도, 내 마음도, 나는 모른다.

이마저 지랄맞다.

기억의 상실보다 상실의 기억이 더 아프다
삶이 좋다

켄트 하루프의 소설 『축복』에서 사랑하는 남편을 잃은 한 부인이 이렇게 말한다.

"저는 종종 생각해보곤 했답니다. 이 오랜 세월을 사랑하는 사람과 함께 보내고 나중에 그때를 떠올리고 비교하면서 상실감을 느끼는 편이 좋은 걸까요. ⋯아니면 아예 처음부터 그런 사람을 만들지 않는 편이 더 좋은 걸까요. 그러면 예전이 어땠는지를 기억할 필요도 없을 테니까요."*

여기 두 삶이 있다고 가정해보자. 사랑한 사람과 함께 하는 행복을 느낀 뒤 그 기억 때문에 더 절망스러워진 삶과, 절망을 느낄 만한 행복을 겪지 않아 불행한지도 행복한 지도 모르는 삶.

뭐가 더 나을까. 한때는 그래도 사랑한 기억이 있는 삶이, 비록 그 기억이 떠올라 현재의 삶이 상대적으로 힘들더라도, 행복한 기억이 없는 삶보다는 낫지 않나 하는 생각이었다. 행복한 기억이라도 있으니까, 기억할 누군가라도 있으니까, 삶이 의미를 갖지 않겠나 하는 생각이었다. 그것마저 없다면, 행복을 안겨줬던 누군가가 없다면, 사는 게 무척이나 쓸쓸하지 않

---

*　　　켄트 하루프, 한기찬 옮김, 「축복」(문학동네, 2017), 343쪽.

을까 싶었다.

그러다 생각이 바뀌기도 했다. 사랑한 사람과의 기억을 떠올리는 게 절망의 원인이 된다면 아예 그 싹이 없는 게 낫지 않을까. 그렇다면 삶이 절망적이지도 않을 테니까, 아니 절망을 느낄 새도 없을 테니까. 그냥 흐르는 대로 살아가면 되니까. 행복했던 적이 없기에, 현재의 삶을 행복하게 받아들일 수도 있을 테니까. 상실감에 허덕이진 않을 테니까.

사랑하는 사람을 만들지 않는 편이 더 나았다고 말하는 건 현재의 삶이 상실감으로만 가득 차있기 때문이다. 원래부터 없었다면 느끼지 않았을 상실감은 사랑하는 이의 부재, 사랑했던 기억과 함께 삶을 힘들게 만든다. 기억을 바꿀 수 없기에, 사랑하는 이의 부재(不在) 또한 변하지 않기에, 기억은 남았으나 사람은 사라졌기에, 사랑했던 그 기억에 사로잡혀 현실의 삶은 피폐해진다. 너의 부재로 인한 상실감이 내 삶의 부재로 이어지는 형국이다.

인간의 삶은 기억에서 자유롭지 못하다. 기억은, 살아온 흔적이자 살아간다는 증명이고 앞으로 이렇게 살 것 같다는 예감이다. 사랑하던 이와 함께 했던 기억은 삶에 흔적을 남기고, 그 기억을 떠올리며 상실감에 사로잡히는 건 현재의 삶이 그리 행복하지 않다는 증명이며, 앞으로도 나아질 것 같지 않다는 예감이다. 그걸 예감했기에 상실감에 시달려야 하는 삶과, 상실감의 원인을 만들지 않는 삶 중 뭐가 더 나은지 생각해보곤 했을 터이다. 어쩌면 기억의 상실을 원했을지도….

두 삶 중 뭐가 더 나은지는 여전히 모른다. 대신 이건 알겠다.

상실

기억은 때로 삶을 지배하고 그 기억에서 헤어 나오지 못하는 한 뒷걸음치는 삶밖에 남아있지 않다는 것.

잊고 싶은 기억보다 잊히지 않는 기억이 더 서글프다는 것.
기억의 상실보다 상실의 기억이 더 슬프고 아프다는 것.

삶이… 춥다….

오늘도 사람과의 거리 재기에 실패한다

궤도, 이탈한다

"행성이 궤도를 이탈하지 않는 건 행성간의 거리와 상호간의 끌림이 합쳐진 결과죠."[*]

행성(行星)은 항성(恒星) 주위를 도는 천체다. 스스로 빛을 내는 항성과 달리 행성은 빛을 내지 못하며 일정한 궤도에 따라 항성 주위를 맴돈다. 항성과 다른 행성과의 인력(引力)과 척력(斥力)이 행성의 궤도 이탈을 막아준다. 오랜 세월에 걸쳐 이뤄진 힘의 균형, 영원불변하지는 않지만 어쨌든 파멸하지 않을 정도로 유지되는 일정한 거리 덕분이다.

사람 사이에도 인력과 척력이 작용한다는걸, 생각보다 뒤늦게 깨달았다. 별다른 고민 없이 누군가와 관계를 맺고, 관계를 끝내며 살아온 세월이 더 많다. 내가 좋으면 상대방도 좋아했고, 내가 싫으면 그걸로 관계는 끝이니 별 고민 없었다. 내가 누군가와 관계를 맺는 방식은, 비록 예의는 차렸지만, 꽤 건방지고 일방적이었다.

아무 생각 없이 좋으면 좋다고, 싫으면 싫다고 하며, 인력과 척력을 날 것 그대로, 때로는 살짝 에둘러 표현했다. 맨땅에 헤딩, 딱 그거였다.

그러다 누군가와 관계를 끝맺음한 뒤 상대방과의 거리를 좁

---

[*]   요 네스뵈, 노진선 옮김, 「데빌스 스타」(비채, 2015), 332쪽.

히려는 나의 인력이 오히려 척력으로 작용한다는 역설을, 거리 재기에 실패하면 남는 건 파국밖에 없다는 점을, 끌어당기려고만 하는 게 지질함의 다른 이름이라는 사실을, 사람 사이에는 결코 좁혀지지 않는 거리가 있다는 현실을, 남에겐 절대 보여주지 않고 침범해서는 안 되는 내밀한 울타리가 있다는 것을, 참 뒤늦게 눈치챘다.

행성이 궤도를 이탈하듯 관계가 끝이 났다.

맨땅에 헤딩하면 이마가 터진다는, 당연하고도 명확한 결론!

상호 간의 끌림이 있더라도 거리가 너무 가깝거나 멀면 그 관계는 궤도를 이탈한다. 부딪혀 깨지기도 하고, 멀어져 존재감마저 희미해진다. 그러니 곁에 오래 두고 싶은 사람과는 수시로 거리를 재보고, 인력과 척력을 조절할 줄 알아야 한다. 먼 사람보다는 가까운 사람과의 거리 재기가 생각보다 어려우니 말이다.

그런데, 그런데 말이다.

똑같은 궤도만 돌 바엔 궤도를 이탈해보는 것도 나쁘지 않은 선택지란 생각이 자꾸 드는 건 왜일까.

일정한 거리만 유지하고 더 가까워지지도 더 멀어지지도 않을 바엔 도리어 자신의 온 마음이라도 표현해보는 게 낫지 않을까.

부딪혀 깨지고 멀어져 안타까울지라도, 가깝지도 않은데 가까운 척이라도 해야 하고 멀어지고 싶은데 도통 멀어질 기색도 안 보여 속 끓이고 있을 바에는 차라리 그게 속 편하지 않을까.

이래서인가 보다.

여전히 거리재기에 실패하고 궤도 이탈을 반복하면서 이마
에 난 상처를 꿰매며 살고 있는 이유가….

그렇게 오늘도 난 거리재기에 실패한다.
궤도, 이탈한다.

5장 _ 당신 덕분에 아직 살만하다

어쩌면 인간의 외로움이란
내 얘기를 온전히 들어주고
공명해주는 사람이 없다는 것인지도 모른다.

그리움이란
내 얘기를 오롯이 들어주고 공명하는 사람을
기다리는 것인지도 모른다.

그리하여 오늘도 사람들은 누군가에게 가닿길 원하며
저마다의 유리병 편지를 띄우는지도,
함께 울고 같은 데시벨로 공명하는 사람을
기다리는지도 모른다.

지금처럼, 거기, 그렇게 있어줘

벗에게 바란다

거기, 산이, 있다. 우뚝 솟아있다. 태초부터 그리 있었다는 듯, 서 있다. 그 산에 간다. 골을 타고 능선을 탄다. 정상에 오른다. 정상에 선다. 보이는 건 하늘, 구름, 초록의 너울, 산 그림자의 짙은 음영. 저 숲속을 헤치며 산을 올랐다는 뿌듯함도 잠시, 이젠 내려가야 한다. 우뚝 서 있는 산 정상에 우뚝 서 있던 기쁨을 뒤로하고.

정상에서 내려와 산을 본다. 다시 오면 언제든 받아주겠다는 듯 여전히 그 산은 서 있다. 언제든 삶이 힘들면 오라고, 지금은 내려가서 잘 살라고, 손짓하는 듯하다. 내가 오길 기다리지는 않지만, 항상 거기에 존재하며, 언제든 나를 받아주는, 산.

무슨 사연이 있는지, 어떤 마음을 품고 있는지, 무슨 생각을 하는지, 무엇 때문에 산을 오르는지, 산은 묻지 않는다. 다만 너른 품으로 인간을 품을 뿐. 아니 어쩌면 산이 품을 내주었다 착각하고 인간이 제 마음대로 안긴 것인지도 모른다.

산에 오른다는 건 정복이 아니다. 정상에 깃발 꽂는 행위가 아니다. 산에 올랐다고 해서 산을 소유한 것도 아니다. 잠시 동안 산이 제 품을 내어준 것에 불과하다. 산은 단지 그 자리에 있을 뿐이다. 그 자리에 있는 산에게 인간은 불만을 품지 않는다. 품을 제대로 내어주지 않았다고 타박하지도 않는다. 구름

벗

에 가려 일출이나 일몰을 보지 못했다고 원망하지 않는다. 거기 그대로 있어줘서, 다릿심만 있으면 언제든 오를 수 있게 해줘서, 언제든 품을 내어줘서 고마울 뿐이다.

그런 산과 같은 벗이 있다. 우뚝 솟아 있는 산처럼, 그 벗은 존재 자체만으로, 마음속으로 떠올리는 것만으로도 힘이 된다. 곁에 있는지조차 모를 정도로 서로 연락은 뜸하지만, 난 삶이 힘들 때면 벗의 존재를 떠올리고, 벗이 내어준 품에 안기곤 한다.

어느 날, 벗이 그리워 술에 살짝 취해 연락을 했다. 그 친구, 알더라. 내가 취한 거, 뭔가를 그리워한다는 거, 이놈 또 시작이라는 거, 다 알더라. 힘겨웠던 시절을 함께 견뎌냈기 때문일까. 그는 내 치부, 절망, 유치함을 다 알고 있으면서도 언제나 날 안는다. 날 믿어준다.

몇 년 만에 뜬금없이 연락한 내가 친구에게 한, '보고 싶다'는 그 말 한마디에, 그는 웃음을 터뜨렸다. 그 웃음소리가 위로가 될 줄 몰랐다. 짧은 통화가 끝나고 긴 여운마저 가신 뒤에 깨달았다. 산 같은 벗이라는걸. 언제든 날 품어줄 벗이 곁에 우뚝 서 있었다는걸. 그런 벗이 몇 명 더 있다는걸. 운이 좋다는걸.

벗들에게 바란다. 지금처럼, 거기, 그렇게 우뚝 서 있기를.
스스로에게 다짐한다. 지금처럼, 여기, 이렇게 서 있겠다고.

언제나, 곁에, 우뚝, 서 있겠다고.

결이 맞는 사람이 곁에 있다는 것

그건 다행

"Hello, stranger."

영화 <클로저>(Closer, 2004)에는 여러 인상 깊은 장면이 있다. 외로움과 쓸쓸함, 격정적인 사랑과 질투, 은밀하고 추악해 외면하고픈 마음이 <클로저> 곳곳에 인상 깊은 장면들로 표현되어 있다. 그중에서도 가장 인상 깊었던 게 바로 저 대사와 함께 나탈리 포트만과 주드로가 처음 만나는 장면이었다. 이미지보다 텍스트가 더 강렬했기에, 처음 만난 이에게 건네는 인사말이 너무 의외였기에 그런 듯하다.

우리는 모두 누군가에게 낯선 사람이(었)다. 난 낯선 이에게 저렇게 먼저 인사를 건네거나 손을 내민 적이 별로 없다. 워낙 내성적이었고, 누군가에게 먼저 다가가는 걸 조금 창피해했다. 돌이켜보면 보통 내가 먼저 누군가에게 말을 걸거나 은근한 관심을 표할 때는, 상대방에 대한 호기심과 매력의 끌림을 이기지 못해서였다. 누군가를 알고 싶다는 그 강렬한 호기심은, 때때로 나에게 먼저 손을 내미는 용기를 불어넣어 주곤 했다.

그런 사람들이 있다. 별거 아닌 한 마디 말이 유쾌하게 들리거나 보기만 해도 기분이 좋아지는 사람이. 몇 마디 대화를 나눴을 뿐인데 이상하게 뭔가가 통한다는 느낌이 드는 사람이. 난 그런 사람을 '결이 맞는 사람'이라 칭한다. 게 중에는 나와 성향이 비슷한 이도 있고, 정반대의 성격을 가진 이도 있다. 그런데도 이상하게 결이 맞는 듯한 느낌이 든다. 결이 맞기에 거슬리지 않는다.

목공을 하면 대패질을 할 때가 있다. 나무의 결 방향으로 대패질을 해야 나무가 뜯기거나 손상되지 않는다. 물론 손질이 잘 된 대패는 결에 상관없이 매끄럽게 나무를 깎지만, 아직 경험이 일천해서인지 나는 엇결 지점에서 나무가 뜯긴다. 어떻게든 실수를 만회하려 하지만 아직까지 만족스러운 대패질을 한 경험이 없다. 이 때문에 나무의 결을 세세하게 살피곤 한다. 그래야 실수도, 실패도 하지 않기 때문이다.

대패질을 하기 전 나뭇결을 살피는 것처럼, 난 사람과 만날 때도 결을 살핀다. 내가 손질 잘 된 대패가 아님을 알기에, 결 방향과 상관없이 누구에게나 잘 맞추는 '맞춤형 인간'이 아니란 걸 알기 때문이다. 상대방이 어떤 결을 가지고 있는지를 파악해야 실수를 하지 않는다. 그러다 나와 결이 맞는 사람을 만나면 마음을 터놓는다. 이제 남은 건 결이 맞는 사람에게 곁을 내어주고, 그들의 곁에 다가가는 일밖에 없다. 다행스럽게도 그렇게 결이 맞는 이들 중 많은 이들이 내 곁에 남아 있다.

천성이 게으르고, 누군가와 맺은 관계를 지속시키는 걸 잘 못하는데도 가끔 날 찾아오는 친구나 후배, 선배가 있다. 그들은 알지 모르지만, 난 항상 그들에게 진심으로 감사하다. 처음은 서로 낯선 사람이었지만, 지금은 낯선 사람이 아닌, 결이 맞는 그들 덕분에 살맛도 난다.

그렇게 우리는 모두 누군가에게 낯선 사람이다. 그리고 '낯선 사람이다'가 '낯선 사람이었다'라는 식으로 과거형으로 서술되는, 관계 맺음을 하면서 우리는 살아간다. 영화 <클로저>의 전체 분위기를 지배한, 데미안 라이스의 <The Blower's Daughter>의 저 가사처럼, 떼려야 뗄 수 없는 매력을 가진 이도 만나면서 말이다.

"I can't take my eyes off you.
I can't take my mind off you."

이렇게 결이 맞는 사람이 곁에 있을 때,
사는 건 더 행복할 게다.

결

괜찮아. 나, 여기 있어

네가 나의, 내가 너의 몫

아이의 손을 잡고 걸을 때면 아이의 무게를 느낀다. 키가 작은 아이는 자꾸만 아빠 손을 아래로 잡아끈다. 아이의 손에 맞춰 어깨를 내리고 허리를 굽힌다. 중력의 무게에 아이의 무게까지 몸에 얹힌다. 걷기가 부자연스럽지만, 더할 나위 없이 자연스럽기도 하다. 아빠의 걸음걸이는 그래야 할 듯싶어서다. 멀찍이 앞에 서서 아이들한테 뒤따라오라고 채근하는 것보다는 손을 맞잡고 함께 걷는 게 아빠의 몫이 아닐까 싶어서다.

그렇게 아이 손을 맞잡고 걸을 때면, 아이가 손으로 어디 가지 말라고, 내 손 놓고 어디 가지 말라고, 얘기하는 느낌이 든다. 어디 갈까 봐, 자기를 놓고 어디로 떠날까 봐 자꾸만 땅으로, 지상으로, 현실로, 나를 잡아끄는 것만 같다. 당신이 내 아빠라는 걸 잊지 말라고 말하는 것만 같다. 그럴 때면 새삼 깨닫는다. 네가 내 몫이라는걸.

아이와 함께 잠을 잔다. 악몽을 꾼 아이가 잠결에 울며 아빠를 찾는다. 우는 아이를 품에 안고 등을 토닥인다.

"괜찮아, 꿈꾼 거야. 아빠 여기 있어."

잠결에 눈도 뜨지 못했지만 아빠 목소리를 들어서였을까? 아빠 품에 안겨 있어서였을까? 울음을 멈춘 아이는 다시 잠이 든다. 잠에 빠진 아이 얼굴을 보며 안도한다. 네 곁에 내가 있다는, 내 곁에 네가 있다는, 그 평범한 일상에 안도한다.

아이와 함께 자는 건 생각보다 쉽지 않다. 아이들은 자다가 물을 찾고, 화장실에 가고, 칭얼대고, 운다. 아이의 발에 채여 느닷없이 잠에서 깨기도 하고, 아이들 틈에 몸을 구겨 넣고 자다 보니 온몸이 찌뿌드드하다. 불편하지만 이렇게 아이들 틈에서 부대껴야 할 듯싶다. 이 역시 아빠의 몫이 아닐까 싶어서다.

오랫동안 '몫'이란 단어는, 내가 가지거나 가져야 할 뭔가를 상징했다. 몫은 돈이었으며, 권한이었고, 성과였으며, 성과에 따른 지분이었다. 그 이상도 그 이하도 아니었다.

그 몫을 지켜내기 위해 남과의 경쟁을 피하지 않았고, 남보다 더 많은 몫을 얻기 위해 애를 썼다. 몫은, 내가 차지하고 누려야 할, 아니 차지해야만 하는 것이었기 때문이다.

하지만 그게 다가 아니다. 몫은 책임이고 감당이고 한계이기도 하다는 걸 이제는 안다. 독립하기 전까지 아이들을 감당해야 하고, 부모 된 자로서 그들의 삶을 어느 정도 책임져야 하며, 그 감당과 책임을 위해 스스로의 삶에 한계를 지워야 한다.

해서는 안 될 일이 생기고, 해야만 하는 일도 생긴다. '~로서' 같은 자격을 나타나는 조사가 붙는 이상 피할 수도, 피해서도 안 된다. 그게 '내 몫'이기 때문이다.

그렇게 오늘도 아이 손을 잡고 아이와 함께 잠든다.

아빠로서의 몫을 다하기 위해,
아이들의 몫을 지켜주기 위해서 말이다.

몫

투정도 사랑이다
투정 부릴 사람이 있다는 행복

투정은 받아줄 누군가가 있기에 부릴 수 있다. 받아줄 사람조차 없을 때는 투정도 사치다.

그러기에 누군가가 나에게 투정을 부릴 땐 받는 게 인지상정이다. 나에게 투정을 부리는 건 그만큼 기대가 있고 받아줄 거라는 믿음이 있다는 의미이기 때문이다. 아무한테나 투정을 부릴 수는 없는 일. 그래서 투정은 내 곁에 사람이 있음을, 믿을 만하고 기댈 수 있는 사람이 있음을 나타내는 징표가 된다.

설혹 그런 사람이 있어도 투정을 부리지 못할 때가 있다. 마음이 절벽인 사람. 절벽에 내몰린 것 마냥, 살얼음을 걷는 것 마냥, 위태로운 한때를 겨우 버티고 견디고 있는 이에게는 투정을 부려서는 안 된다.

그 사람은 남의 투정 따위를 받아줄 여력이 없을 뿐만 아니라 너무나 궁지에 몰린 나머지 투정을 받아줄 사람이 곁에 있는데도 알아채지 못하는 경우가 많다. 분명 그런 사람이 곁에 있는데도 자신의 아픔에 너무 매몰된 탓이다.

이들은 그리하여 투정도 부리지 못하고, 또 투정을 받지도 못하고 스스로의 아픔 속으로 침몰하곤 한다. 완벽한 고독 속으로 침잠하는 것과 마찬가지다. 누구도 살펴보지 않는 빈집에 가엾게도 갇힌 모양새다.

이들에게 투정을 돌려주고 싶다. 투정마저 부릴 수 없는 삶이 어떤 것인지를 조금은 알기에 그렇다. 강한 척도 한계가 있는 법. 강한 이도 약해질 때가 있는 법. 자신의 약함을 누군가에게 내보이고, 위로받을 수 있을 때 삶은 조금 살만해진다. 그래야 숨통도 트이고, 삶에 쉼을 더할 수 있다.

아무한테나 투정을 부리는 것과 같은 무게로 아무한테도 투정을 부릴 수 없다는 건 위험하다.

투정을 부리고 받는 거. 그건 내가 기댈 사람이 있고 누군가에게 내가 기댈 수 있는 사람이라는 뜻이다.

그러니 투정 부리고 받자. 투정 부릴 사람 찾아내자.

그런 사람, 반드시 주위에 있다. 미처 알아채지 못했을 뿐.

투정 하나로 그렇게 서로를 확인하는 일, 어쩌면 그게 사랑인지도 모른다.

사랑하고 서로 존중하고 기대는 관계의 증명일지도 모르겠다.

문득 투정이 부리고 싶어지는, 깊은 밤이다.

투정

당신 덕분에 세상은 살만하다

그래, 아직은…

눈물이 많아졌다. 기뻐도, 슬퍼도, 아파도, 화나도, 짠해도, 고마워도, 안타까워도, 아쉬워도, 순간 먹먹해지고, 눈물이 맺힌다. 감정은 다른데, 그 감정이 왜 눈물로만 표현되는지 잘 모르겠다. 전에는 이러지 않았는데 말이다. 눈물샘이 마르지 않은 걸 다행으로 여겨야 하나.

눈물이 흐르는 건, 살짝 감추고 싶은 일이다. 왠지 우는 건, 보이고 싶지 않다. 아니 그전에 잘 안 울었으면 싶다. 특히나 슬프거나 아파서 흘리는 눈물은….

그런데 이런 순간에는 자주 눈물을 흘려도 좋을 성 싶다.

숨이 멎은 아이를 여러 사람의 노력으로 살려낸 영상을 보는 순간. 목숨이 경각에 다린 사람을 태우고 달리는 구급차를 위해 길을 비켜주는 모습을 보는 순간. 운전하다 갑자기 정신을 잃은 차를 누군가 멈춰 세우는 순간. 브레이크 풀린 어린이집 차량을 온 몸으로 막아 세운 사람을 본 순간. 이렇게 '아, 다행이다', '고맙다' 하는 순간에 흘리는 눈물은 자주 흘리고 싶다.

누군가의 아픔에 공감하고, 슬픔을 나누며, 함께 아픔을 겪으며, 부당함에 맞서 함께 싸우는 사람들이 있다. 난 그들을 볼 때마다 생각한다. 아직, 세상은 살만하다고.

세월호 참사가 일어났을 때 현장으로 달려간 잠수사들, 쌍용

자동차 옥쇄파업 후 천문학적인 손해배상 청구에 맞서서 십시일반으로 '노란 봉투'를 보낸 사람들, 소녀상을 지키기 위해 밤샘을 마다하지 않던 사람들, 자기 일도 아닌데 뭐라도 해보려고 거리에 나서서 연대하길 주저하지 않던 사람들. 그런 사람들을 보면서 마음속으로나마 응원과 지지를 보내는 사람들. 참 고마운 사람들.

난 그런 사람들을 보며 안도의 한숨을 내쉰다. 기쁘고 짠해서 눈물 흘린다.

인간은 이기적이기도 하지만 이타적이기도 하다. 매몰차게 남을 내치는 것도 인간이지만, 그리 내쳐진 인간을 품는 것도 사람이다. 자기 잇속을 챙기기 위해 남을 희생시키는 걸 주저하지 않는 사람이 있는가 하면, 누군가 어려움에 처했을 때 도움의 손길을 내미는 사람도 있다. 잘못을 저지르고도 뻔뻔하고 빳빳하게 고개를 들고 다니는 인간도 있지만, 자기 잘못도 아닌데 미안하다고, 염치없다고 고개를 숙이는 사람도 있다.

그들 덕분에, 한없는 어둠 속으로, 절망 속으로 침잠할 것 같다가도, 숨 쉬러 나온다. 살 것 같다,

그렇다.
당신 덕분이다.
아직 세상이 살만하다고 느끼는 건.
고맙다.

아직

사랑하는 사람을 잃고도 살아가는 것

회한이 깊다

매년 일정한 때에 할아버지는 회색 두루마기에 흰 중절모를 쓰시고 지팡이를 든 채 어딘가로 가곤 하셨다. 지금 와서 생각해보면 단오 무렵이었던 듯하다. 할아버지께서 가신 곳은 전주 대사습놀이가 열리던 전주실내체육관. 말없이 회색 양복에 두루마기를 걸치고 중절모를 쓴 채 집을 나서던 할아버지의 모습이 요즘 문득 생각나곤 한다.

할아버지는 원체 말이 없으셨다. 평생 농사를 지으셨던 할아버지는, 아침에 일어나면 큰 손자인 나를 불러 신문을 가져오라 하셨고, 아침 식사 전부터, 식사가 끝난 후 점심 무렵까지 돋보기를 쓰시고 신문을 꼼꼼히 들여다보셨다. 귀가 어두워 보청기를 쓰고 지내신 할아버지는 카세트테이프로 창을 들었다. 방안이 울릴 정도로 볼륨을 크게 해놓은 덕에 어렸을 때부터 나는 자연스럽게 창과 민요를 들으며 컸다. 그게 할아버지의 유일한 낙이었나 싶다.

방안에 함께 머물 때 할아버지는 물끄러미 나를 지켜보곤 하셨다. 이불을 나눠 쓰고 앉아 TV를 볼 때면 발가락으로 내 다리를 꼬집곤 소리 없는 함박웃음을 지으셨다. 어이없어 흘겨보는 내 표정은 아랑곳하지 않고, 당신 스스로 친 장난에 흡족해하시면서….

돌이켜보면 할아버지께 많은 사랑을 받았다. 할아버지가 돌아가셨을 때 염을 하면서 물끄러미 할아버지의 시신을 보며 눈물을 흘렸던 모습이 여전히 뇌리에서 잊히지 않는다. 내 서른 살 무렵에 돌아가신 할아버지 생각이 자주 난다.

말없이 손자를 챙겨주시던 할머니 또한 그립다. 할머니가 끓여주시던 생강차도. 모진 시집살이를 시키셨던 증조할머니 때문에 대놓고 손자에게 사랑 표현을 못 하셨지만 나는 안다. 할머니의 말 없는 눈빛과 손짓에서 느껴지던 푸근함을.

내가 열두 살 무렵에 넘어지셔서 여생을 앉아서만 지내시다 스무 살 되던 해에 돌아가신 할머니의 상여 앞에서, 난 영정을 들고 너른 들녘을 하염없이 바라보면서 눈물을 줄줄 흘렸다. 영정을 안은 이가 뒤를 돌아보면 안 된다고 해서 돌아보지도 못하고 앞만 보며 울었다. 할머니 시신을 염할 때도 울었고. 세상에서 제일 슬픈 소리가 상여 나가는 소리란 걸 그때 알았다. 곱디고운 만장과 극명하게 대조되던, 잊히지 않는 그 소리.

할머니는 평생 12명의 아이를 낳았고, 그중 8명의 아이를 갓난아기 때 잃었다. 장남이었던 아버지부터 시작해 4남매만 살아남았다. 어릴 때는 몰랐다. 그 어마어마한 슬픔을. 결혼을 하고 자식을 낳고 나서 짐작했다. 할아버지와 할머니가 얼마나 큰 상처를 안고 사셨는지를. 모진 목숨을 어떻게 부지하셨는지도.

사랑하는 사람을 잃고도 살아남는다는 게 어떤 무게로 다가왔을지는 짐작조차 못하겠다. 그러면서도 사셨다. 난 그 사실 하나만으로도, 그 모진 세월을 살아낸 것만으로도, 4남매를 키

우고 당신 자식의 자식들에게까지 사랑이라는 게 뭔지를 한마디 말도 없이 전해준 것만으로도, 존경심을 품는다.

이제야 조금 들린다. 느닷없이 자식을 먼저 떠나보낸 부모에게서 들리는 숨죽인 울음소리가…. 그 소리는 지금도 여기저기서 들린다. 가늠할 수 없는 아픔과 억울함, 슬픔을 애써 참아내며 밥을 먹고 다시 길을 떠나는 부모들의 발걸음 소리가….

최은영의 소설 <미카엘라>에 나오는 말처럼 "오래 살아가는 일이란, 사랑하는 사람들을 먼저 보내고 오래도록 남겨지는 일"이다.* 난, 그걸, 할아버지와 할머니의 삶을 짐작하며, 무겁게 깨닫는다.

어두운 방안
우두커니 앉아 창을 듣던
두 분의 모습이 떠오른다.
시간을 되돌릴 수만 있다면 그 방안에 함께 머물고 싶다.

회한(悔恨)이 깊다.

---

*   최은영, <미카엘라>, 「쇼코의 미소」(문학동네, 2018), 238~239쪽.

책은 시간을 죽이고 책 속 세상은 현실을 눅인다
냉큼 도망친다

그런 날이 있었다. 하루 종일 책만 봤던 날. 달리 할 일이 없어서, 밖에 나갈 여력이 없어서, 책만 읽어댔다. 책보다 졸리면 자고, 배고프면 먹고, 그러다 다시 책 보고, 잠들고. 집 밖으로 나가지 않고 오로지 책만 보던 그날들. 생각해보니 귀한 경험이었다. 하루 종일 책을 보는 게 지금은 불가능하기에 그렇다.

책을 보는 행위가, 그때는 별 의미 없었다. 더디 흐르던 시간을 죽여야 했다. TV는 지루했고, 밖에 나가서 할 일도, 만날 사람도 없었다. 말도 하기 싫었다. 결정적으로 돈이 없었다. 수중에 돈은 없고, 방안에는 책이 쌓여 있고. 남은 선택지는 하나였다. 뭔가를 얻으려 책을 본 게 아니었다. 그냥, 할 일이 없었을 뿐이었다. 아무것도 하기 싫고, 아무것도 할 수 없는, 그런 나날이었다. 그리 책을 보며 하루를 견뎠다.

책은 시간을 죽였고, 책 속 세상은 현실을 눅였다. 책을 펴들면 시간의 흐름이 느껴지지 않았고, 현실은 저 멀리에 있는 듯보였다. 배고플 때만 현실을 느낄 뿐, 난 책 속에서 길을 잃고 헤매어 다녔다. 그렇게 한 달을 지내고 나니, 읽을 여력이 없어졌다. 책을 볼수록 현실이 명확해졌다. 도망칠 곳이 없었다. 돈을 벌어야 했다. 책을 놓아야 했다. 현실로 다시 진입해야 했다. 그 무렵이었다. 첫 직장에 취직하고 돈을 벌기 시작한 게.

그 이후 하루 종일 책만 보는 날은 더 이상 내게 허락되지 않았다.

비록 하루 종일 책을 볼 수는 없었지만 책에서 손을 놓진 않았다. 틈틈이 책을 봤다. 그럴 수밖에 없는 이유가 있었다.

첫째 책은 가성비 좋은 오락거리였다. 이만한 가격에 평생 소장 가능하며 작가가 풀어내는 이야기와 사유를 마음껏 누릴 수 있는 상품은 없었다. 세상이 넓은지는 잘 모르겠지만 어쨌든 볼 책은 많았다. 그건 내게 오락거리가 많다는 얘기와 같았다.

둘째 책은 휴식의 매개체였다. 책을 펴들고 읽는 시간이 내겐 휴식시간이었다. 커피나 맥주를 곁들이면 금상첨화지만, 딱히 그게 없어도 언제 어디서든 책을 꺼내 읽으면 쉬는 시간으로 변했다. 흔들리는 버스 안이든, 거리에서든.

셋째 책은 혼자 공부를 가능하게 했다. 뭔가 궁금하면 책부터 사봤다. 한 권을 보고 나면 궁금한 게 또 생겼다. 참고문헌을 살피면서 꼬리에 꼬리를 무는 사유의 흔적을 더듬다 보면 책은 늘어났고, 늘어난 만큼 나름 생각에 체계가 잡혀갔다.

넷째 책은 뽐(폼, Form) 이었다. 책이 먼저인지 책장이 먼저인지 모를 정도로 책장에 책을 진열하는 것에 강박을 가졌다. 앞표지와 함께 옆표지 디자인도 따졌다. 줄줄이 꽂혀있는 책들로 가득한 책장을 혼자 바라보며 내심 흐뭇해했다. 때로는 책을 보는 것보다 책을 배열하는 데 시간을 더 쓰기도 했다.

마지막으로 책은 도피처였다. 몸은 여기 있되 마음은 다른 곳에 가있는, 누구도 침범할 수 없고 침범해서도 안 되는 완벽한 도피처였다. 때때로 난 책 속으로 도망치곤 했다. 태양처럼 너무나 명징한 현실 안에서 난 가끔 현기증 비슷한 걸 느꼈다. 도망치고 회피하려 해도 언제나 집어삼킬 듯 나를 노려보고 있던 현실을 마주했을 때 잠시만이라도 피할 곳이 필요했다. 그게 책이었다. 책을 보며 숨 돌리고, 해찰하고, 평소 해보지 못했던 걸 생각하고, 읽을 때만이라도 딴 생각에 빠졌다. 그러다 보면 삶이 조금은 넉넉해졌다.

　때로 시간을 죽이고, 현실을 눅이는 것도 필요하다. 너무나 명징해서 부정할 수 없는 시간이고 현실이라면 잠시 도망이라도 쳐야 할게다. 이게 내가 책을 보는, 하루 종일 책만 보는 날을 기다리는, 가장 큰 이유다.

　그렇게 오늘도 도망친다.
　뒤돌아 냉큼 달린다.

아무도 울지 않는 밤은 없다

함께 운다

저녁에서 밤으로 넘어가는 시간.

한 남자가 눈물을 흘리며 길바닥에 나앉아있다. 그이의 아내와 아들로 보이는 이들이 우는 남자를 지켜본다. 안타까운 표정의 여자와는 달리 아이는 세상 무너진 듯한, 당혹과 절망 사이의 표정을 짓고 있다.

엄마 손을 꼭 잡은 채, 덩그러니 세 사람은 길바닥 한가운데 시간이 정지한 듯 멈춰서 있다.

집으로 향하던 길. 내내 가벼웠던 발걸음이 무거워진다. 안 그러려고 해도 자꾸 뒤를 돌아본다. 염치없이 무슨 사정인지 묻고, 듣고 싶다. 저 아이의 표정을 조금은 펴주고 싶다. 허나 내처 걸음을 내디딜 수밖에.

'왜? 어째서'란 질문이 터져 나오지만 그건 영원히 알 수 없겠지.

남자가 소리 죽여 울고, 그걸 아내와 아이가 지켜보는 그 장면 앞에서 난 '왜'라는 질문을 삼킨다.

길바닥이든 어디든 느닷없이 눈물이 터져 나오기도 하니까. 아내와 아이가 보는 앞에서 울만한 일이 생기는 게 삶이니까. 사정은 모르지만, 울어야 할 일이 있었을 터. 아내와 아이를 바라보며 울 만큼 큰일이 있었겠지.

다만 뇌리에서 잊히지 않는 건, 엄마 손을 꼭 잡은 채 가만히 서 있던 그 아이의 얼굴.

하늘같고 산 같은 아빠가 울고 있는 모습을 보며 하늘이 무너져 내리는 듯 어찌해야 좋을지 곤혹스러워하던 그 표정.

생전 처음 보는, 그러나 다시 보고 싶지 않은 그 표정.

아빠가 운다. 아내와 아이가 그걸 본다. 아빠도 아내와 아이를 보면서 운다.

아내와 아이는 속으로만 울고 있겠지.

저들처럼 오늘 밤 세상 어딘가에서 울고 있을 이들을 짐작한다. 통곡이든, 흐느낌이든, 훌쩍이든, 마른 울음이든, 행여 들킬까 소리 죽여 울든, 누군가는 반드시 울고 있을 것이다.

그게, 못내 서럽다.

이면우 시인의 시처럼 '아무도 울지 않는 밤'은 없다.

다만 시인이 그랬던 것처럼 누군가는 그 울음을 듣고 눈치챈다. 함께 운다.

어딘가에 울고 있는 이가 있듯,

어딘가에서 함께 울고 있는 이도 있다.

그나마 다행이다.

운다

내가 널 품은 게 아니라 네가 날 품었다

너에게 안긴다

내가 널 품은 게 아니라 네가 날 품었다.
물리적으로는 내 품이 더 넓지만, 나는 안다.
네 품이 훨씬 넓고 깊다는 것을.
내가 안는 것처럼 보이지만 내가 안겼다는 것을.
그 작은 품 안에서 삶의 노고가 풀린다는 것을.

네 품 안에서 얼마나 안심하는지 넌 모르겠지.
안을 때마다, 아니 안길 때마다 안도한다는 것을.
오늘도 네가 무사해서 안심한다는 것을.
오늘도 네가 날 품어주어 설렌다는 것을.
너란 존재가 내 곁에 있고 언제나 망설임 없이 날 품어주어
황송해한다는 것을.

네가 날 안을 때마다 난 느낀다.
어떤 조건도 없이 네 품을 다 내어준다는 것을.
나란 존재를 있는 그대로 인정한다는 것을.
과분한 사랑을 내어주고 있지만 너는 미처 그걸 모른다는 것
을.
그냥 내가 네 앞에 있기에 안아준다는 것을.

내가 뭐라고, 이리 큰 사랑을 받아도 되나 하는 생각도 든다.

언제까지 네가 품을 내어줄지 불안한 마음도 있다.

훌쩍 자라면 더 이상 품을 내어주지 않을 것만 같아 벌써부터 서운해지기도 한다.

그래도 오늘 퇴근하고 집에 들어서면 네가 날 품어줄 걸 알기에,

그 품 안에서 안도하고 안심하고 설렐 것을 알기에,

네 작은 품에 안겨 하루의 고단함을 잊어버릴 수 있기에,

벌써부터 그리워진다, 네 작은 품이.

그래.

내가 널 품은 게 아니가 네가 날 품었다.

품다

함께 울어주는 사람

오늘도 기다린다

오늘도 나는 필담(筆談)을 나눈다. 페이스북, 브런치 등을 통해 내가 아는 누군가에게, 때로는 내가 모르는 누군가에게 글을 남긴다. 그 글이 누구에게 가닿는지 나는 확실히 모른다. 누군가는 내 글을 보지 못하고, 보더라도 그냥 지나치리라. 또 누군가는 '좋아요'로, 또는 댓글로 흔적을 남긴다. 난 그 흔적을 '공명(共鳴)'으로 받아들인다. 나 역시 누군가의 글에 공감(共感)을 넘어 공명을 할 때 흔적을 남기기 때문이다. 하여, 난 내 글에 '좋아요'나 '라이킷' 하는 이들에게, 항상 감사한다.

대학시절, 풍물패에서 잠깐 활동한 적이 있다. 쇠와 장구, 북과 징 등 4개의 타악기로 이뤄진 풍물에 끌린 건 타악기가 주는 '울림' 때문이었다. 그 울림이 머리를 흔들게 만들고, 손과 발을 휘젓게 만들었다. 무엇보다 풍물을 들으면 가슴이 울렸다. 4개의 타악기 중 내가 가장 좋아했던 울림을 주는 악기는 북이었다. 한 손에 북을 들고, 또 다른 한 손에 든 북채로 북을 내리칠 때마다 북소리와 함께 가슴에서 뭔가가 울렸다.

북을 치다 보면 내가 북을 치는 건지, 가슴을 치는 건지 모를 정도로 심장 박동이 거세졌다. 온몸이 북소리에 반응하면서 울리는 듯했다. 그렇게 한바탕 놀고 나면 마음이 그리 시원할 수가 없었다. 그 경험 때문인지 난 공명을 사전적인 의미보다는 한자의 뜻풀이 그대로, '함께 운다' 혹은 '같이 울리다'로 받아 들인다.

공감은 느낌이고 기분이다. 어떤 사람이 처한 입장이나 경험, 의견이나 주장에 자기도 그렇게 생각한다고 느끼는 게 공감이다. 책을 보다가 어떤 상황이나 문장을 읽고, 머리를 끄덕이거나 '맞아'라고 얘기하곤 하는데, 그건 공감의 영역이다.

공명은 여기서 한 발짝 더 나간다. 느끼는 데서 그치지 않고, 뭔가가 가슴에서 울린다. 공명의 영역에서는 심장이 덜컥 내려앉는 느낌이 들고, 여운이 길게 남는다. 어떤 문장에 공감했을 때는 잠시 멈추었다가 다음 문장을 읽지만, 공명했을 때는 잠시 책을 덮는다. 그 문장을 곱씹고, 내 경험을 끄집어내 딴 생각에 빠진다. 고개를 끄덕일 틈도 없다. 순간적으로 훅하고 책 속으로 들어갔다가 곧이어 꼬리를 물고 떠오르는 상념 속으로 쑥 빠져든다. 공명은 그렇게 마음에 흔적을 남긴다. 마음속에 각인된다.

공명을 일으키는, 함께 울게 만드는 글이나 노래, 사진이나 영상을 만나는 건 생각보다 쉽지 않다. 같은 걸 보더라도, 전에는 공명했지만 지금은 공명하지 못하는 경우도 있다. 내가 처한 상황과 생각의 흐름에 따라 공명의 지점이 달라지기도 한다. 그래서 공명을 일으키는 글을 만나는 건, 결이 맞는 사람을 만나는 것과 같은 강도로 드문 일이 된다.

나와 공명하는 사람을 만나는 건 더 어렵다. 하지만 어려운 줄 알면서도 찾아 나선다. SNS에서 스스럼없이 내가 누구인지, 어떤 생각을 하며 사는지를 내보이는 것도 이 때문이다. 내가 올린 글에, 사진에, 누군가가 '좋아요'를 누르고 댓글을 남기는 것에 일희일비한다. 또 나와 같은 생각을 갖고 있거나 취향이 비슷한 이, 또는 왠지 모르지만 울림이 느껴지는 이를 SNS에서 발견하고 친구를 맺는다. 일면식도 없고, 평생 만날 일도 없는 사람이지만, 무언가에 서로 공명하는 걸 느끼기 때문이다.

내가 쓰는 글은, 그것이 SNS에 남기는 글이든, 책으로 펴내는 글이든, 유리병 속에 담겨 바다에 던져지는 편지와 같다. 누구에게 가닿는지 나는 모른다. 누가 보는지, 보긴 하는 건지조차 모른다. 오늘도 난 유리병 편지를 띄운다. 도대체 왜 그런지 모르지만, 함께 울고, 같이 울리는 누군가가 있다는 것은, 가끔 위로로 다가올 때가 있다. 나 혼자만이 아니라는, 그 당연한 사실이 위로로 다가온다. 내 울림에 누군가가 울림으로 반응하고, 누군가의 울림에 내가 울림으로 반응하는 게 쉽지 않은 걸 알기에 위로의 감정은 더 커진다.

어쩌면 인간의 외로움이란 내 얘기를 온전히 들어주고 공명해주는 사람이 없다는 것인지도 모른다. 마찬가지로 그리움이란 내 얘기를 오롯이 들어주고 공명하는 사람을 기다리는 것인지도 모른다.

그리하여 오늘도 사람들은 누군가에게 가닿길 원하며
저마다의 유리병 편지를 띄우는지도,
함께 울고 같은 데시벨로 공명하는 사람을
기다리는지도 모른다.

여전히 읽고 쓴다 _ 아직 꿈을 꾼다

꿈을 꾼다. 점점 멀어진다.
잡힐 듯 잡히지 않아 조바심이 인다.

그러다 깨닫는다.
꿈이 언제 내 것이었던 적이 있던가.
잡힐 듯 가까워졌던 적이 있던가.
현실을 잠시 잊게 하는 진통제밖에 되지 않았던가.

다시 묻는다.
꿈을 꾸지 않는 게 더 낫지 않을까.
포기하고 체념하는 게 더 이롭지 않겠는가.
부여잡지 못할 꿈이 희망고문과 다른 게 뭔가.
그 꿈이 오히려 삶을 피폐하게 만드는 건 아닌가.
그래도 꼭 꿈을 꾸어야 하는가.

답한다.
내 의지로 꿈꾸는 게 아니다. 꿈을 향해 나아가고 멈춰 서는
건 내 영역 밖이다.
꿈마저 없다면 현실을 견딜 재간이 없다. 일상을 살아갈 힘

마저 신기루처럼 사라질 테다.

　꿈 때문에 상처 입더라도 어쩔 수 없다. 꿈을 꾸지 않는다면, 그건 살아있는 게 아니라고, 난 생각한다.

　하여, 오늘도 난 꿈을 꾼다. 이루고 말고는 더 이상 상관없다. 그게 내 삶이기에 그렇다.

　꿈과 한 몸이 되어버린 부정할 수도 없고 부정하기도 싫은 나만의 삶이다.

　읽고 쓰는 삶. 그 꿈을 아직도 꾸고 있다.

　20대 후반부터 읽고 써왔다. 하루도 빼먹지 않고 글을 쓴 건 아니지만, 하루도 빼먹지 않고 글쓰기에 대한 욕망에 시달렸다. 머릿속에 떠오르는 생각과 문장을 행여 잊을까 메모하고, 그 메모를 바탕으로 다시 글을 쓴다. 책을 읽을 때면 스스럼없이 책장을 접으며, 저자의 인상 깊은 사유에 흔적을 남기고 그 사유에 내 사유를 보탠다.

　그동안 참 많은 일들이 있었고, 앞으로도 많은 일들이 있을 것 같지만, 또 미래는 불투명하고 삶이 어찌 흘러갈지 모르겠지만, 여전히 난 읽고 쓴다. 10년 후에도, 아니 죽을 때까지 부디 읽고 쓸 수 있기를 바란다. 누군가 안부를 물어오면 언제든 "여전히 읽고 쓴다."라고 답할 수 있으면, 더할 나위 없이 좋겠다.

그렇게 여전히 읽고 쓸 수 있게 해준, 이 책을 읽는 이름 모를 당신에게 고마움을 전한다.

여전히

참고 문헌

「추락」 J.M.쿳시, 왕은철 옮김, (동아일보사, 2004)

「누구에게나 친절한 교회 오빠 강민호」 이기호, <최미진은 어디로>, (문학동네, 2018)

「정든 유곽에서」 이성복, <세월의 집 앞에서>, (문학과지성사, 1996)

「만다라」 김성동, (한국문학사, 1979)

「김박사는 누구인가?」 이기호, <화라지송침>, (문학과자성사, 2013)

「소년을 위로해줘」 은희경, (문학동네, 2010)

「경애의 마음」 김금희, (창비, 2018)

「종교는 필요한가(Why I am Not a Christian)」 버트란드 러셀, 이재황 역, <우리의 성(性) 도덕>, (범우사, 1987)

「밤이 선생이다」 황현산, (난다, 2013)

「영란」 공선옥, (문학에디션 뿔, 2010)

「축복」 켄트 하루프, 한기찬 옮김, (문학동네, 2017)

「데빌스 스타」 요 네스뵈, 노진선 옮김, (비채, 2015)

「쇼코의 미소」 최은영, <미카엘라>, (문학동네, 2018)

어떤, 낱말

초판 1쇄 인쇄 2019년 9월 25일
초판 1쇄 발행 2019년 10월 1일

지은이   아거
펴낸이   공가희
편집_디자인 공가희
표지 일러스트 INJAE LEE

펴낸곳   KONG
등록   2018년 8월 31일(제2018-000019호)
email   thekongs@naver.com
인쇄   신사고하이테크

ISBN 979-11-965302-3-5

이 도서의 국립중앙도서관 출판예정도서목록(CIP)은 서지정보유
통지원시스템 홈페이지(http://seoji.nl.go.kr)와 국가자료공동목
록시스템(http://www.nl.go.kr/kolisnet)에서 이용하실 수 있습니
다.(CIP제어번호: CIP2019035025)